KB070448

친구 같은 나무 하나쯤은

지은이 강재훈

사진가 겸 산림 교육 전문가. 《한겨레》《한겨레21》《씨네21》 사진부장과 한국사진기자협회 김용택사진기자상 이사장, 국회 미래연구원 미래사진전 책임 사진가 등을 역임했다. 현재 사진 집단 '포토청' 대표, 서울 광진마을기록단 대표 사진가로 활동하고 있다. 30여 년 동안 사진 기자로 근무하며 '한국보도사진전 최우수상' '올해의 사진기자상' '이달의 보도사진상' 등을 수상했다. 국내 여러 대학과 언론사에서 사진에 대해 강의했고, '강재훈사진학교: 강재훈 포토아카데미'에서 25년째 강의하고 있다. 지금까지 50회 이상 개인 및 단체 사진전을 열고 11권의 사진집을 출간하는 등 자신만의 매력이 돋보이는 사진 세계를 구축했다.
지은 책으로 《분교-들꽃피는 학교》《산골분교운동회》《골목안 풍경 그후》《작은 학교 이야기》《사진으로 생각 키우기》《부모은중》, 사진을 찍은 책으로 《산골 아이》《이런 내가, 참 좋다》, 공저로 《우리가 사랑하는 다큐멘터리 사진가 14인》《사진가의 가방》 등이 있다.

친구 같은 나무 하나쯤은

초판 1쇄 인쇄 2024년 1월 23일 | **초판 1쇄 발행** 2024년 1월 31일

지은이 강재훈
펴낸이 이상훈
인문사회팀 최진우 김경훈 **마케팅** 김한성 조재성 박신영 김효진 김애린 오민정
펴낸곳 ㈜한겨레엔 www.hanibook.co.kr
등록 2006년 1월 4일 제313-2006-00003호
주소 서울시 마포구 창전로 70(신수동) 화수목빌딩 5층
전화 02-6383-1602~3 **팩스** 02-6383-1610 **대표메일** book@hanien.co.kr
ISBN 979-11-7213-002-2 03810

※ 책값은 뒤표지에 있습니다.
※ 파본은 구입하신 서점에서 바꾸어 드립니다.

친구 같은 나무 하나쯤은

강재훈 사진 에세이

강재훈 글 · 사진

추천사

《친구 같은 나무 하나쯤은》은 곱고 따뜻한 책이다. 이 책에 실린 나무 사진들은 신비롭게 아름다우며, 그 사진들이 들려주는 이야기 또한 우리 가슴에 따뜻하게 스며드는 시적 감화력을 갖고 있다. 책 속의 나무들 중에는 전 시대의 슬픈 역사를 목도한 노거수들도 더러 있지만, 대부분은 작가가 미학적으로 재발견해 낸 평범한 나무들이다. 단순한 재현이 아니라 은유적으로 아름답게 표현되어 있다. 나무를 기록한 것이 아니라 나무를 그려냈다. 비 내리는 풍경 속의 나무, 눈보라 속의 나무, 거센 바람에 휘청거리는 나무도 보이는데 작가는 "제 사진의 소재들은 비, 눈, 물입니다"라고 말한 바 있다.

작가는 도시 생활에 치여 마음이 울적해질 때면 카메라를 들고 시골의 어느 나무에게로 달려간다고 한다. 그때 작가와 나무 사이에 다정한 교감이 이루어진다. 나무의 이미지를 정성스럽게 기록하는 한편, 나무가 들려주는 이야기에 귀를 기울인다. 비바람과 눈보라의 역경에 시달리면서도 꿋꿋하게 서 있는 나무는 작가를 다독거리면서 위로의 말을 건넨다. 그제야 막혔던 숨이 탁 터지면서 새로운 힘이 솟아오른다는 것이다.

오랫동안 나무들과 교류해 온 작가의 마음속에는 자연스럽게 나무가 들어 있다. 그래서 그는 나무를 닮았다. 나무를 닮은 그가 도시 생활에 정신 사나워진 우리에게 자기처럼 나무를 닮아 보라고 권한다. 그 방법은 '친구 같은 나무 하나쯤' 선택해서 친밀하게 사귀는 것이라고 한다. "나무는 서 있는 사람이고, 사람은 걸어 다니는 나무다."

현기영(소설가, 《순이삼촌》 저자)

네게 눈이 있다면 보았을 것이요, 귀가 있다면 들었을 것이다. 허나 입이 있다 한들, 말하지 않겠지. 너는 고요한 목격자, 들은 체하지 않음으로써 듣고 본 체하지 않음으로써 보는 사건의 배경, 말하지 않음으로써 말하는 무언의 증언자이므로.

강원도 영월 깊은 숲속에서 만났다. 560여 년 전, 왕위를 빼앗기고 귀양 온 어린 단종이 처지를 슬퍼하며 기대 울었다던 너. 쫓겨난 이의 흐느낌을 듣고 죽임마저 보았을 너는 이름처럼 '보고 들을 뿐' 말이 없었다. 그런데도 사람들은 네 아래서 귀를 기울이고 있더구나. 무엇을 들었을까.

관음송이 600살 넘게 사는 동안 등걸에 기대어 속내를 털어놓고, 울고 웃으며, 말없는 말을 들었던 이가 단종만은 아니리라. 누군가 틀림없이 그랬을 것이다. 강재훈이 그랬다. 나 또한 그랬다.

나무를 만나러 다니기 전 강재훈의 오랜 시간에는 '분교'가 있었다. 무려 30년. 나무가 들으면 웃을 일이지만, 사람에겐 뼈가 굽고 닳는 인고의 시간. 강재훈의 땀내 나는 목격, 집요한 기록이 없었다면 우리에게 남은 '분교 이야기'는 너무 초라해 창피했을 것이다. 1997년 경기도 우음분교의 흐린 장면은 잊기 힘들다. 사람이라곤 둘뿐인 작은 운동장의 조회 시간, 선생님은 연단 위에 서 있고 반바지 차림 아이는 차려 자세로 고개를 들고 있다. 선생님을 보는 걸까, 하늘을 보는 걸까. 슬퍼서 아름답고, 아름다워 슬픈 이 장면에 '우리 시대의 한 소절'이 담겨 있다고 나는 생각해 왔다. 이 책을 읽고 나니 불현듯 그 사진이 보고 싶어졌다. 두 사람이 담긴 장면에서 한 사람을 더 찾았다. 프레임 바깥에서 사진기를 든 이가 이제야 보인다. 뿐인가, 또 있다. 세 사람을 포근히 감싸고 그 모든 풍경을 지켜보던, 나무들.

이 책을 읽었다면, 강재훈의 《분교》도 찾아 읽기를. 분교에서 나무로 걸어온 강재훈의 오솔길이 보인다. 강재훈은 '친구 같은 나무'를 말하는데, 나는 왜 그를 떠올리며 '나무 같은 친구'를 생각하는가.

노순택(사진 작가, 《말하는 눈》 저자)

차례

9 들어가는 말
친구를 대하듯 사진을 찍다

1장
내일은 더 괜찮아질 거라고 나무가 말했다

15 그 나무가 나를 불러 세웠다
26 사진으로 그리는 제주 동백과 4·3
33 바위를 가르며 자라는 나무
44 아이들의 재잘거림이 쌓인 나이테
50 나무처럼 숨 쉬며 살고 싶다
59 감나무는 아이들의 팔매질이 그립다
67 사람은 걸어 다니는 나무
75 담벼락에 나무를 그리는 마음
81 어린이대공원에서 천년 나무를 생각하다
87 두 물이 만나는 곳에 서서

2장

나무라지 않는 나무

97 꿈은 찬 우물에 눈 쌓이듯 자란다
107 양철 지붕 밑 최고의 빗소리
113 아파도 아프다고 말하지 않는다
119 한 나무에 핀 홍매와 백매
125 농간을 배척하는 배롱나무
129 눈과 나무가 멋지게 만나려면
135 바람불이를 지키는 상록수
143 나무 사이로 달이 뜨면 마음도 달뜬다
148 나무의 배려는 수줍음에서 나온다
156 황금 들판을 가로지르는 꽃상여

3장

철망도, 절망도 모두 품는다

169 함께 잘 살자고 당산나무에게 빌었다
175 가까이에서 친구 나무를 찾는 법
183 고향이 그리워서 나무를 본다
194 온몸으로 철망을 품은 나무
200 숲길에서 삶의 길을 만나다
211 나무와 더불어 사는 생명들
218 눈얼음을 뚫고 봄을 부르는 복수초
227 단종과 청령포 관음송
232 미래를 베지 말아 주세요

243 나가는 말
오묘한 나무 오묘한 친구

들어가는 말

친구를 대하듯 사진을 찍다

세 청년이 여행을 떠났다. 대학에서 화학을 전공했던 나와 도시 건축을 공부했던 친구, 그리고 디자인을 공부했던 친구다. 셋은 같은 초등학교와 중학교를 다녔던 동기 동창으로 우연히 사진 전공 대학원에서 다시 만나 후다닥 '절친'이 되어 버렸다. 그리고 전문 작가라도 된 듯 의기양양하게 여름 방학을 맞아 촬영 여행을 결행했다.

전날 밤부터 비가 세차게 내렸다. 서울에서 새벽 첫차를 타고 6시간을 달려 도착한 경남 하동. 박경리 선생의 대하소설 《토지》의 배경으로 유명한 악양면 평사리에 도착하니 그 들에도 바람비가 짙은 안개를 밀어내고 있었다. 막막한 침묵에 휩싸인 들판 멀리 논 한가운데에 나무 두 그루가 서 있었다. 흠뻑

젖은 들녘을 따라 걷다가 기계식 필름 카메라로 사진 몇 장을 찍었다. 줄기차게 내리는 여름비에 가려 흐릿하게 보이는 검은 나무 두 그루. 흑백 필름 속에 담긴 소나무는 그렇게 나에게 '우리'라는 사진으로 남았다. 세월이 지나 '악양 평사리 부부 소나무'라는 이름으로 온라인상에서 명성을 얻기 훨씬 전인 1986년의 이야기다.

첫 만남에서 나를 설레게 했던 평사리 소나무 '우리'는 오랫

동안 내 안에 각인된 채 아련함을 키워 왔다. 그 나무를 다시 찾아간 것은 첫 만남 후 21년이 지난 2007년이다. 기획 취재를 위해 찾아간 평사리의 가을은 한가하고 풍요로웠다. 코스모스가 핀 황금 들녘 가운데 의젓하게 자란 두 그루의 소나무.

"얘들아, 내가 왔어. 기억하겠니?" 반가움의 인사를 나눴다. 세월만큼 나무도 자란 탓일까, 처음 만났을 때의 어린 모습은 간데없고 풍채가 듬직하고 의젓해졌다. 내 기억 속 '우리'에 대한 기대와는 조금 달랐다. 그 이유가 무엇일까 한참을 생각하니, 20여 년 전 비를 흠뻑 맞으며 두 나무를 바라보고 섰던 내게 그동안 살아온 세월이 들어앉았기 때문이었다. 맞다. 어른들의 불행은 '아름다운 것과 놀라움을 불러일으키는 순수한 본능이 흐려지는 것'이라더니, 나 또한 어느새 어른이 된 것은 아닐까. 내 눈과 마음이 속세에 너무 닳아 버린 건 아닐까 하는 마음이 드니 왠지 조금 쓸쓸하기도 했다.

'살아 있는 물고기는 강물을 거슬러 오르고 죽은 물고기는 강물에 떠내려간다'라는 말이 있다. 나도 살아 있는 물고기처럼 살고 싶었다. 강물을 거슬러 오르는 수고로움 뒤에야 상류

계곡의 폭포를 박차고 오를 날도 있으리라 생각했다. 내가 하고 싶고 잘할 수 있다고 생각되는 길을 선택하고 그것을 위해 최선을 다하는 삶이, 조금이라도 덜 후회되는 삶일 것이라고 믿었다.

나무를 바라본다. 나무는 거짓이 없다. 계절이 바뀌고 해가 바뀌어도 언제나 그 자리에서 자신을 찾아오는 나를 묵묵히 반겨 준다. 살아 있는 생명체로서 나무가 품은 기운을 느끼고 싶었다. 나무 사진을 찍는 것보다 때론 나무와 나누는 이야기가 더 즐거울 때도 있다. 나무와 친구가 되어 교감하며 위로받은 이야기를 지금 여기서 꺼내 본다.

1장

내일은 더 괜찮아질 거라고 나무가 말했다

그 나무가 나를 불러 세웠다

이곳을 처음 찾은 것은 1998년 3월 초였다. 강원도 오지 산골 마을, 인제군 기린면 진동리의 진동분교가 폐교될 위기를 극복하고 다시 입학생을 맞았다는 소식을 들은 뒤였다. 1991년부터 시작된 나의 분교 사진 작업의 일환이었다. 전두환 군사정권 시절인 1983년부터 시작된 전국 소규모 학교 통폐합 정책(처음에는 '영세 학교 통폐합 조치'라고 했다)에 따라 학생 수 200명 이하의 본·분교들이 교육청의 폐교 결정에 아무런 반발이나 재의 신청도 못 한 채 추풍낙엽처럼 교육 역사에서 사라져 갔다. 한국 전쟁 이후 대한민국은 산골 오지·도서·벽지 그 어디에라도 교육 대상 아이들이 있는 곳이면 학교를 지어 교육을 받을 수 있도록 했다. 분교 제도 또한 그러한 정책의 일환이었다.

그런데 1970년대 산아 제한의 영향인 듯 1980년대에 들어서자 취학 연령대의 아이들이 줄기 시작했다. 경제 개발과 도시화에 따른 도회지로의 이주가 늘면서 수도권 밖 학교들의 학생 수가 줄었다. 결국 정부에서는 교육 예산 절감과 교육 정책(도서·벽지 교육진흥법) 전환을 내세워 1면 1교 정책을 펴기에 이르렀다. 읍내에 있는 본교의 편제하에 있던 산골 오지의 작은 학교(분교)들이 통폐합되어 사라지기 시작했다. 한두 칸의 교실과 손바닥처럼 작은 운동장, 학생이라고 해야 한두 명인 학교도 있고 열 명이 채 안 되는 분교도 많았다.

교육입국에서 경제입국으로 정책을 전환하던 정부에게 이 작은 분교들은 모두 통폐합 대상이었던 셈이다. 통폐합 논의에서 학생과 학부모, 그리고 마을 주민들의 의사는 크게 반영되지 않았다. 한번 폐교 대상 학교로 지정되면 그 대상에서 해제되는 경우가 거의 없었다. 뒤늦게 학부모와 지역 주민들이 나서서 폐교 반대 운동을 하는 경우에 다소 지연되기는 했어도 결국은 폐교되어 역사 속으로 사라졌다.

하지만 이런 폐교 조치는 지역 사회의 또 다른 변화를 초래했고 생각하지도 못한 문제점이 드러나는 이유가 되었다. 학교가 사라지니 마을 사람들은 땅을 팔거나 정리한 뒤 고향을 떠나갔다. 바로 이 시대에 우리에게 닥치고 있는 마을 소멸 문제를 예견하지 못한 것이다. 교육 공간의 기능뿐 아니라 마을 공동체가 함께 공유하고 숨 쉬던 공간이란 점을 간과한 정책이었다. 그렇게 사라져 간 작은 학교에는 각박함이 더해지던 도회지 학교와 달리 정겨움이 있었고 보살핌과 나눔이 있었다. 그 분교들이 폐교되어 사라지는 것이 안타까웠다. 대한민국 교육 역사에 있어 시공간적으로 중요한 역할을 했던 분교의 마지막을 누군가는 기록으로 남겨야 한다고 생각했다. 30여 년 전 내가 전국의 분교를 찾아다니며 사진 작업을 시작한 이유다.

서울 소재 신문사의 사진 기자로 근무하던 내게 따로 시간을 내서 개인 작업을 하는 것은 결코 쉬운 일이 아니었다. 연차가 낮아 시위 집회 등을 전담하듯 뛰어다녀야 하는 초년 기자 시절에는 언감생심이었다. 방법을 찾아보니 내게 주어진 연중 휴가를 쓰면 될 것 같았다. 그렇게 폐교 위기의 작은 학교들을 찾아다니기 시작했다. 이곳 강원도 인제군 기린면 진동리의 진동분교도 그렇게 드나들기 시작한 곳이다.

늘 그렇듯 분교를 찾아 사진을 찍고 서울로 돌아가는 길은

멀고 고단했다. 비포장 산길을 달리다 중간중간 다리 없는 개울물을 여러 차례 건너야 했다. 실제 바퀴가 빠져 헛바퀴가 도는 바람에 빠져나오지 못해 몇 시간 동안 혼자 절절맨 적도 있다. 구불구불 낭떠러지 고개를 여럿 넘어야 했다. 마침내 포장된 국도에 들어섰다고 해도 강원도에서 서울로 가는 국도는 외길이나 마찬가지여서 늘 교통 체증이 심했다. 어두운 새벽에 집을 나서면 분교에는 아침에 도착한다. 이후 종일 사진 작업을 한 뒤 서울로 향하는 운전은 눈꺼풀이 천근만근 내려앉는 고통의 시간이다. 과속 딱지를 떼일 각오로(실제 과속으로 낸 벌금과 벌점은 여기에 다 밝히기 어려울 만큼 많고 높다) 내 작은 승용차의 액셀을 밟고 밟아도 서울까지의 길은 적어도 4시간 반 이상을 혼자 운전해야 하는 거리였다. 그러다 보니 운전하는 동안에는 다른 곳에 눈을 돌릴 틈이 없었다.

그렇게 오가던 어느 산길에서 그 나무가 느껴지기 시작했다. 휙 하고 지나치는 물체에도 반응한다는 사진가의 눈에 어떤 느낌으로 들어와 나가지 않는 피사체였다. 노을이 들어 어둑해지기 시작한 산등성이, 홀로 선 나무 한 그루가 빠르게 곁

을 지나는 내게 자꾸만 손을 흔들었다. 하지만 여전히 서울로 가기 바쁜 나는 정차하지 못하고 내처 차를 몰기 바빴다. 몇 년쯤 지났을까? 그 길을 오가는 일이 반복될수록 내 눈에 더 깊게 들어앉아 나가지 않는 그 녀석. 하는 수 없었다. 서울로 가는 길을 조금 서둘러 출발해 그 산의 갓길에 차를 세웠다. 잠깐이면 될 테니까. 우선은 숲으로 들어가 그 나무 곁에 섰다. 그러고는 물었다. "너, 왜 자꾸만 나를 부르는 거야?"

그저 산등성이 너머에서 바람이 불어왔을 뿐 나무는 아무 말이 없었다. 비바람이 몰아쳐도 의지할 친구 없이 혼자 서 있는 나무였다. 그렇게 시작된 인연이 십수 년이 되었다. 해마다 계절마다 그 나무를 만나러 가서 사진으로 남겼다. 사계절 한시도 바람 잘 날 없어 '바람불이'라 이름 지어진 능선을 눈 부릅뜨고 지키는 파수 나무. 이제는 만나면 반갑다고 인사도 나누고 지난여름 비바람이 얼마나 거셌는지, 지난겨울 눈보라가 얼마나 매서웠는지 묻고 대답하는 사이가 되었다. 최근 몇 번은 분교에 들르지 못해도 일부러 그 나무만을 보러 달려갈 만큼 보고 싶은 사이가 되었다.

그런데 그 나무가 잘려 죽었다. 2019년 12월 15일, 정년퇴직을 몇 달 앞두고 어렵게 시간을 내서 찾아갔을 때였다. 현장에 도착해 그 모습을 본 나는 허탈했다. 하관을 끝낸 묘지 옆에 버려진 만장의 깃대처럼 잘린 가지들이 허옇게 누워 있었다. 마치 사자의 팔과 다리 같았다. 산비탈에 가득한 억새 숲에 누워 마른 껍질을 바람결에 날려 보내고 있었다. 미안했다. 내가 너무 늦게 왔구나. 매서운 눈보라에 영혼을 다 떠나보냈나 보다. 아픔이 그려진 뼈마디가 바람에 서걱거리고 있었다. 내가

그 앞에 다가가도 아무 말이 없었다. 남겨진 나는 그에게 닿을 길이 없었다. 나 또한 아무 말도 못 하고 그 자리에 서서 멍하니 하늘만 바라보았다. 지난가을에 만나러 왔을 때만 해도 건강히 잘 있었는데, 더 많은 이야기를 나눌걸…. 어느 때부턴가 오가는 길이 멀고 험해서 조금은 꾀가 났는데 지금에 와서 후회한들 무슨 소용이 있으랴 싶었다.

그대로 돌아섰다. 차를 몰고 읍내로 달렸다. 농협 마트에서 막걸리 한 통을 사서 다시 그곳으로 돌아갔다. 막걸리를 부어 줄 잔이 마땅치 않아 커피를 담았던 일회용 컵에 가득 부었다. 그 녀석이 잘린 그루터기에 올려놓고 절을 했다. 잘 가라고, 그동안 너와 만난 시간이 너무 소중했다고, 참 고마웠다고, 네가 그리울 거라고 말했다. 그리고 누운 그 나무의 팔다리에 막걸리를 뿌려 주었다. 나무의 영혼이 날아가듯 흩뿌려진 막걸리가 바람을 타고 하늘로 날아갔다. 흰 구름이라도 되려는 듯 흩어지는 막걸리의 포말에 내 안타까움도 섞여 날아갔다. 혹여 저 앞산을 채 넘지 못하고 돌아서서 나를 바라보고 있을 것도 같았다. 그러지 말고 어서 날아가라고 했다. 백두 대간 넘어 동해에 닿으라고 했다. 넓고 푸른 바다가 되라고 기도했다. 그저 미안하고 미안했다.

이 나무가 이렇게 된 게 모두 내 탓인 양 마음이 땅속으로 처박혔다. 간신히 정신을 차리고 잘린 그루터기와 쓰러진 모습을 몇 장 찍었다. 돌아설 수가 없었다. 한참을 서서 나를 흔드는 바람결에 그대로 흔들리며 서 있었다. 잘린 나무토막 하나를 주워 들고 산에서 내려왔다.

어미나무를 떠나 이 허허벌판에서 고아로 자랐을 강원도 그 녀석. 말 없는 아이로 자라며 외로움을 견디다 못 해 바람으로 말을 대신하며 나를 불렀을지도 모른다고 생각하니 더 아득하기만 했다. 그 뒤로도 두세 차례 더 찾아가 그 녀석의 빈자리를 바라보다가 돌아왔다. 내게 왔다가 사진으로 남겨진 채 내 곁을 떠난 그 나무. 사람의 인연도 이와 같을까? 스치듯 만났던 짧은 인연이라고 우습게 볼 일이 아니고, 오랜 인연이라고 쉽게 생각할 일이 아닌 것 같다. 오늘 하루 내 곁을 스쳐 지나는 모든 사람이 내 인생에 인연이 닿아 찰나의 순간 나를 채워 주는 소중한 이들이라고 생각한다.

강원도 그 녀석이 내게 준 행복을 다른 이들에게도 나눠 주고 싶다. 어느 낯선 여행지에서 나보다 훨씬 큰 행복 나무를 만날지도 모르는 일 아닌가. 십수 년의 인연이었다지만 지금도 그 나무가 무슨 나무였는지 모른 채 이미지만을 가슴에 담아 두고 있는 내가 참 무심하다. 그 산등성이를 떠나 사진으로 남은 나무를 생각하니 오늘 나를 맞아 준 햇살과 바람, 그리고 날아가는 이름 모를 새가 고맙다. 모두 참 고맙다.

사진으로 그리는
제주 동백과
4·3

"이 나무는 뭔 나무인가요?"

"그 나무는 '이나무'고 저 나무는 '먼나무'예요."

이나무와 먼나무? 이 선문답 같은 질문과 답변은 제주로 여행을 갔을 때의 경험이다. 생면부지 처음 보고 처음 듣는 나무 이름들이 신기했다.

살아오는 동안 전국의 수목원과 휴양림 혹은 치유의 숲을 탐방할 기회가 여러 차례 있었다. 제주도도 처음은 아니었고 산과 계곡도 남들에게 뒤지지 않을 만큼 둘러보았다고 생각한다. 하지만 그때마다 늘 나의 발걸음은 빠르고 여유가 없어 나무 하나하나를 자세히 살필 겨를 없이 오르고 내리기에 바빴던 기억

서 진정한 꽃이 되는구나." 옆에 있던 친구가 시를 읊듯 말했다. 아! 친구는 저 동백을 제대로 느끼고 있구나 싶었다. 화산석으로 쌓은 검은 돌담 뒤에서 얼굴을 내밀고 있던 동백이 돌 틈 사이로 붉은 꽃송이를 떨구었다. 검은 돌과 어우러져 제주 4·3의 아직 치유되지 못한 아픔을 표현하는 것처럼 느껴졌다. 그렇게 아픈 역사를 스스로 그려 내는 꽃이 동백인가 싶어 마음을 차분히 다잡은 뒤에야 다가가게 된다. 동백을 볼 때마다 왠지 모르게 느껴지던 무거움에 대한 의구심이 조금은 풀리는 것 같다. 숨이 제대로 쉬어지기 시작했다.

누구에게도 4·3 제주 양민 학살 사건의 현장에서 살아남을 방법은 없었다. 그러나 숨을 곳도 없었다. 중산간中山間이 불타고 움직이는 모든 생명체에겐 총알이 날아들었다. 산 채로 잡히면 고문을 당하다 죽었다. 최대 2만 5000~3만 명으로 추정되는 민간인 희생자는 아직도 그 신원이 다 밝혀지지 않았다. 그들의 넋이 동백꽃이 되어 제주를 붉게 물들인다. 팽나무와 함께 자라 제주를 조문하고 있다. 명월리 검은 돌담을 따라 걸으며 나는 팽나무와 동백을 그려 제주를 말하고 싶어졌다. '사진으로 그린다'는 말이 문법적으로는 틀리다 해도 나는 오늘 사진으로 동백과 팽나무를 그려 보고 있다.

바위를 가르며 자라는 나무

"나무가 바위를 가른다고요?"

"그럼요. 이 바위 좀 보세요. 소나무가 자라면서 이 큰 바위를 갈라 버렸다니까요."

2016년 9월, 전라남도 보성군 회천면 봉강리 정씨 고택을 찾았을 때다. 정씨 고택은 2005년에 전라남도 문화재 자료 제261호로 지정된 유서 깊은 가옥이다. 사랑채 앞 정원의 소나무 한 그루가 담장 밑에서 커다란 바위와 엉켜 자라는 모습이 신기했다. 다가가 살펴보니 바위 가운데에 소나무가 박힌 듯 자리 잡고 있다.

임진왜란 때 이순신 장군을 보좌했던 종사관 정경달의 14대손 정길상 씨가 말을 잇는다. "여기 뿌리를 보세요. 이 큰 바위

틈에서 어린 소나무가 싹을 틔웠단 말입니다. 소나무가 자라면서 이 바위를 두 동강 내지 않았습니까?" 목소리에 힘이 잔뜩 들어 있다.

종사관 정경달은 1570년(선조 3년)에 식년문과에 병과로 급제하였다. 경북 선산 부사로 부임한 뒤 1592년 임진왜란이 일어나자 의병을 모아 금오산金烏山 전투에서 수백 명의 왜군을 대파한 인물이다. 그 소식을 듣고 1594년에 당시 수군통제사였던 이순신 장군이 자신의 종사관으로 임명하였다. 원균의 모함으로 이순신이 투옥되자 직접 조정에 나아가 "애국심 높고 유능한 장군을 죽이면 나라가 망하겠으니 어찌하겠습니까" 하고 선조에게 직간을 서슴지 않았다고 전해지는 충신이다. 그가 세운 전공이 책록策錄되어 통정대부에 오른 인물로 훗날 다산 정약용은 《목민심서》에서 정경달을 '지방 수령의 모범'으로 평가하였다.

"소나무마저도 충신 정경달 후손이라 바위를 가르는 힘과 기상을 보이는 것 같지 않은가요? 역사를 잊으면 안 되고 역사를 부정해도 안 되고 더 중요한 것은 역행하면 절대 안 되지요."

다시 한번 정길상 씨가 힘주어 말했다.

이어서 병풍 하나를 열어 보여 주었다. 선대로부터 당대의 자손들까지 이어지는 가계도를 8쪽짜리 병풍에 그려 둔 것이란다. 전남 보성의 영광 정丁씨 가문의 가족사가 깨알같이 적혀 있다. 입신양명과 출세의 이력을 적은 것이 아니라 선대의 족적을 자손들이 잊지 말라는 뜻에서 항일 운동과 정치 혁신 운동, 그리고 통일 운동 등으로 문중의 수십 명이 체포, 투옥, 사살, 사형당한 내력을 자세히 기록한 가계도다.

일제 강점기 민족 교육과 항일 운동에 거액을 희사하고, 노비 문서를 불태운 뒤 빈민들에게 토지를 무상으로 분배한 내용을 비롯해 해방 이후 친일파와 친미파들이 득세하는 세상에 맞서다가 급기야 1981년 '보성 가족 간첩단 사건'으로 한 집안에서 32명이 체포되어 사형과 징역을 받아 풍비박산이 난 집안의 기록이란다. 초등학교 교사로 재직하던 정길상 씨도 구속되어 7년간 옥살이를 했고, 형 정춘상 씨는 사형을 당했다. 멸문에 대비해 기록해 놓았다는 해방 이후 가족의 수난사가 고스란하다.

"자라면서 바위를 두 동강 낸 이 소나무가 우리 민족의 저력이죠. '물위역사죄인勿爲歷史罪人', 우리 집 가훈입니다. 역사의

죄인이 되지 말라는 뜻이죠. 아무리 험한 세상이라도 역사에 죄를 짓지는 말아야 합니다." 강하고 깊은 울림이 느껴지는 말이다.

돌이켜 보자. 소나무는 무슨 힘으로 바위를 가를 수 있는 것일까? 정말 나무가 바위를 가른다는 말을 믿어도 될까? 결론부터 말하자면 그럴 수 있다고 한다. 아주 오랜 시간이 걸리는 일이다. 솔방울에서 바람을 타고 날아간 씨앗은 해가 잘 드는 비옥한 토양에서 싹을 틔운다. 새싹을 틔우고 나면 뿌리는 물과 영양분을 찾아 흙 속으로 뻗어 나간다. 탐험가가 되어 가 보지 않은 길, 막히고 걸림돌이 많은 흙 속 길을 헤쳐 나간다. 하지만 무작정 앞으로 진군을 하다 보면 미처 껍질이 생기지 않아 여린 뿌리가 흙을 파고들 때 상처가 날 수도 있다.

이를 미리 방지하기 위해 뿌리골무 조직이 뿌리 끝 생장점을 부드럽게 감싸안은 채 끈끈한 점액질을 분비한다. 뿌리골무가 내뿜는 점액질은 물과 영양분을 찾아 나선 뿌리가 잘 뻗어 나가도록 흙을 부드럽게 만들어 준다. 곧 바위틈에 싹을 틔운 나무의 뿌리에서 바위로 스며들어 오랜 시간 아주 조금씩 바위를 부

식시킨다. 이때 바위에는 매우 미세한 틈새가 생긴다. 긴 세월이 지나고 보면 바로 이 틈이 바위를 갈라지게 만드는 근본 원인이 된다. 처음에는 눈에 보이지도 않을 만큼 아주 작은 틈이 생겼겠지만, 그 틈에 또 다른 미생물들이 들어가 살게 되고 그 부식된 공간으로 나무뿌리가 뻗어 나가니 결국 단단한 바위가 물러져 갈라지는 것이다. 말하자면 물리적 힘으로 바위를 가르는 게 아니라 생화학적 힘을 빌려 아주 오랜 시간 바위를 부식시켜 가르는 것이다.

또 다른 이론으로는 온도 차이를 들기도 한다. 큰 온도 차의 기온 변화가 자주 일어나면 바위에 물이 스며들 수 있는 미세한 틈이 생긴다. 그 틈으로 스며든 물은 미생물과 박테리아가 살기에 더없이 좋은 조건을 만들어 준다. 이렇게 긴 세월이 지나면 그 틈에 뿌리를 내린 나무가 마치 바위를 가르며 자라는 듯한 결과를 만들어 내는 것이다.

뿌리골무 조직에서 나오는 점액질로부터 단단한 바위를 가르는 힘이 시작되는 것, 미약한 힘이지만 끊임없이 바위를 적셔 무르게 만들고 결국은 부식되어 갈라지게 하는 것. 달걀로 바위를 치고 또 치다 보면 바위가 정말 깨질지도 모르겠다는 생

각마저 들었다. 연약한 나무뿌리가 바위를 갈라내는 것처럼….

'부드러운 것이 단단한 것을 이기고 약한 것이 강한 것을 이긴다'라는 노자의 말처럼 나무의 새싹에서 난 여린 뿌리가 바위를 파고들어 결국 큰 바위를 가를 수 있다는 이치를 깨닫고 정씨 고택을 나섰다. 바위를 가른 소나무가 담장 너머로 '조심히 가시라'고 인사를 한다.

아이들의
재잘거림이 쌓인
나이테

강원도 정선의 아우라지와 영월의 청령포를 잇는, 그 이름만 들어도 구슬픈 동강의 새벽은 자욱한 안개에 숨어 나를 맞았다. 산이 높고 골이 깊어 물길 따라 구름이 흐르는 벼루메(연포) 마을. 조금 있자니 어린 사내아이 한 명이 나루터에 나타났다. 다가가 물으니 학교에 가는 길이란다. 강 건너편에서는 또 다른 아이가 자전거를 타고 나타나더니 줄배를 당겨 강을 건너온다. 매일 아침 소사마을에 사는 5학년 우진이가 나루터에 닿을 시간이 되면 학교 옆에 사는 4학년 영광이도 자전거를 타고 나루터로 나와 둘은 다시 배를 타고 강을 건너 학교로 간단다. 나도 그 배를 얻어 타고 강을 건넜다.

여울살 둔치에 자리 잡은 연포분교에는 하늘로 길을 여는 듯 커다란 포플러 한 그루가 구름을 걸고 서 있다. 햇살은 아직 산을 못 넘어 학교 운동장에 닿지 못했는데 아이들이 먼저 와 이야기꽃을 피우고 있다. 수업이 시작되려면 조금 이른 시각, 운동장에 모인 아이들이 편을 나누어 축구를 한다. 남녀 구분 없이 공이 굴러가는 대로 뛰는 축구다. 키 큰 나무 아래 들꽃 일곱 송이가 피어 바람에 일렁이는 강원도 오지 마을 공놀이다.

6학년 순애는 아장거리는 조카를 데리고 학교에 왔다. 운동장은 물론 교실에서도 제 고모에게서 떨어지려 하질 않는다. 종이 울리지 않아도 때가 되니 아이들은 교실로 들어가 책상에 앉았다. 수업이 진행되는 도중에도 순애의 조카는 이 책상 저 책상을 오르내리며 교실 전체를 놀이터 삼는다. 고모의 책상 위에 올라가 이것저것 참견해도 누구 하나 뭐라 하지 않는다. 기저귀를 찬 아기 때문에 웃음꽃이 핀다. 선생님이 책상에서 내려오라고 해도 그저 헤헤 웃고 마는 녀석, 어제오늘의 일이 아닌 듯싶다. 아기도 그저 교실의 학생이려니 한다. 매일 이렇게 조카를 데리고 학교에 오느냐고 물었더니 벼루메마을에 고추 철이 들었단다. 농사라고 해 봐야 비탈밭에 붙이는 감자, 옥

포분교는 오토캠핑장으로 바뀌어 있었다.

폐교되기 전까지 교문 옆에서 30여 년 동안 마을 아이들 169명의 자라는 모습을 지켜보았을 포플러. 폐교된 뒤로 또 20여 년이 지났다. 나이테마다 아이들의 사연이 켜켜이 쌓여 있을 것 같고 재잘거림이 녹음되어 있을 것 같다. 끌어안고 살포시 귀를 대 보니 1998년 여름의 순애, 영광이, 수창이, 보람이가 내 마음속으로 달려와 인사를 한다. 마치 연포분교에 다녔던 벼루메마을 아이들이 여기 다시 모여 수다를 떠는 것처럼 햇살을 받은 포플러 잎이 바람에 팔랑이며 반짝인다. 나무껍질을 손으로 쓰다듬으니 우듬지 끝 나뭇잎이 한결 더 떨리는 것 같다. 분교에 다니던 시절 아이들의 책 읽는 소리와 노랫소리는 물론 웃고 울고 뛰놀던 모든 추억이 기록되어 있을 타임캡슐이 열리는 것인가. 하늘로 연결된 안테나가 작동을 시작한 것이리라.

연포분교는 역사 속으로 사라지고 포플러는 나의 흑백 사진 속에 오롯이 남아 그 시절을 이야기하고 있다. 내가 만났던 수창이, 영광이, 순애, 보람이도 어느덧 30대 성인이 되어 이 세상 어딘가에서 하나하나 나뭇잎 닮은 별이 되어 살아가고 있으리라.

나무처럼
숨 쉬며
살고 싶다

2016년 11월 27일, 가을이 채 물러가지 못하고 남아 조금은 을씨년스러운 아침. 팔당호를 돌아 경안천 습지로 가는 길에 안개꽃이 피었다. 호수 건넛산 그림자와 함께 수묵화 한 폭을 그려 내는 자연의 은밀함이 잔잔히 스민다. 습지에 도착하니 천변의 버드나무들과 꽃 지고 난 검은 연꽃 대들이 물빛과 어우러졌다. 마침 산을 넘어온 햇살과 물 위에 남은 안개가 섞여 잔잔한 음악처럼 다가온다. 서성이는 발걸음을 이리로 오라고 부르는 철새들. 인기척에 놀란 흰빰검둥오리 몇 마리가 물을 박차고 날아올라 산그림자 밑으로 내려앉는다.

둑길을 따라 걷기도 하고 물 풍경을 카메라에 담아 보기도 한다. 하지만 풍경은 눈에 보이는 대로 사진이 되기 힘들다는 오랜 경험이 있어 쉽게 셔터를 누르지 못한다. 마음의 눈으로 보고 계조를 살려 내는 구성이 따라야 원하는 사진이 그려질 수 있다고 했던가. 차분히 앉아 생각을 멈춰 본다. 시선을 한곳에 두니 생각이 나간 자리에 고요한 빛이 들어와 사진 한 장을 남기고 간다. 내가 훨씬 가벼워진 느낌이다.

사진을 찍는 사람이 여럿이다. 망원 렌즈를 들고 오리를 쫓는 사람, 물가에 앉아 무언가를 집중해 바라보는 사람, 오늘 이곳에서 만나는 풍경이 눈앞에서는 모두 같아 보여도 각자의 카메라 안에 남는 그림은 다를 것이다. 이미지에 충실한 사진도 있을 것이고 이야기에 충실한 사진도 있을 것이다. 풍경을 통해 평온을 노래하는 이도 있을 테고, 차분히 내면의 고독을 이야기하려는 이도 있을 것이다. 그래서 사진은 각자 다른 말을 만들어 내는 연필에 비유된다. 백일장에 나선 학생들이 그날 주어진 시제를 받아 들고 서로 다른 글을 지어내듯, 오늘 이곳 습지라는 시제 앞에서 저들은 제각각 어떤 사진들을 담아내고 있을까?

생태 공원을 떠나 다시 중부 고속 도로를 달려 충북 진천 농

다리籠橋에 닿았다. 금강산도 식후경이라 인근 식당에 들러 점심을 먹은 뒤 미호천에 놓인 농다리를 둘러보기로 했다. 농다리는 충북 진천군 초평면 화산리와 문백면 구산동리 사이에 놓인 돌다리다. 고려 때 축조된 것으로 전해 오며 현재는 충청북도 유형 문화재로 관리되고 있다. 교각 속을 채워 붙이지 않고 오직 돌만으로 쌓았는데, 돌의 뿌리가 서로 물려지도록 쌓은 '건쌓기 방식'이란다. 마치 물고기 비늘처럼 돌을 쌓았음에도 큰 장마에도 떠내려가지 않고 원형 그대로 천년을 버텨 낸 축조 기술이 학계의 연구 대상이다. 하지만 내가 중요하게 생각한 것은 문화재로 지정된 다리를 지금도 일반인들이 직접 걸어서 건널 수 있다는 사실이었다.

안내판을 읽던 중 농다리라는 뜻이 궁금해졌다. '농다리'에 쓰인 한자어 '농'을 잘못 이해하면 '농아聾啞'의 '농'으로 오해할 수도 있다. 고백하건대 실은 나 자신도 제대로 알지 못해 그런 뜻이려니 지레짐작하고 있었다. 그런데 그게 아니었다. 농다리의 한자어 '농籠'은 '대바구니 농(롱)'을 뜻하는데 광주리라는 우리말의 한자어 표기란다. 가느다란 싸릿대나 대나무 등을 엮어 만든 수납용 가구를 뜻하니 광주리를 엮듯 돌의 뿌리가 서로

피앗재와 사무곡의 감나무는 둘 다 산 깊은 골짜기에 뿌리를 내린 탓에 수령이 오래되도록 그 자리에서 감꽃을 피우는 것 같다. 농원처럼 감을 대량으로 재배하는 곳에서는 보기 드물게 아름드리로 큰 것을 보며 들었던 생각이다. 사람의 왕래가 적고 외딴곳에 자리한 나무들이 보호되는 시대다. 하지만 홀로 외로운 이 감나무는 오히려 개구쟁이 동네 아이들의 팔매질을 그리워하고 있을지도 모르겠다. 감이 익을 무렵이면 길 가던 아이들이 나뭇가지나 돌을 던져 감을 떨어뜨리고 그 감이 아직은 덜 익어 떫더라도 그것으로 주전부리를 대신하던 시절이 있지 않았던가. 하지만 이제는 마을을 떠나간 그 아이들과 함께 추억마저 어디론가 사라져 버린 시대다. 피앗재에도 사무곡에도 함께 살던 많은 사람이 점점 떠나고 마을이 소멸할 날마저 머지않은 듯하다. 안타까움이 인다.

사람은 걸어 다니는 나무

79학번인 내 대학 생활 중 대통령은 세 번 바뀌었다. 1961년 5·16 군사 정변으로 집권한 뒤 5~9대 연속, 18년 동안 대한민국을 통치한 박정희 대통령의 최후(1979년 10월 26일 총격 시해 사건)를 보며 민주화를 기대했었다. 유신 독재 정권이 종식되고 자유 민주 국가가 되는 줄 알았다. 그러나 대통령 시해 사건의 합동수사본부장을 맡은 보안사령관 전두환과 제9사단장 노태우 등 '하나회'를 중심으로 한 신군부 세력이 정권 공백기를 틈타 12·12 군사 반란(1979년 12월 12일)을 일으켜 정권을 잡았다. 군사 정부는 민주화에 대한 기대를 더 처절하게 짓밟고 엄혹한 나라를 만들었다. 민주화에 대한 열망은 꽃 한번 제대로 피우지 못한 채 억압과 통제로 얼어붙은 나라가 되고 말았다.

별 두 개를 단 육군 소장에서 몇 개월 사이에 4성 장군이 되더니 곧바로 군복을 벗고 대통령이 되는 절차가 앞선 독재자의 역사와 판박이처럼 똑같이 반복되었다. 시민들이 진압군에게 무자비하게 죽어 간 1980년 5·18 광주 민주 항쟁의 진실은 서울까지 전달되지 않았다. 친구를 배웅하기 위해 반바지에 티셔츠 차림으로 집 앞 버스 정류장에 나간 나는 갑자기 나타난 정체불명의 사람들에게 붙잡혀 차에 태워진 채 어디론가 끌려갔다. "이 새끼 깡패 새끼네." 설명할 새도 주지 않고 마구 때려

댔다. 삼청교육대로 끌려가던 길에 통사정을 하여 정말 운 좋게도 풀려나 집으로 돌아온 나는 일상생활을 할 수 없을 만큼 불안과 공포의 시간을 보내야 했다.

전국에 비상계엄을 선포한 국가보위비상대책위원회(국보위)의 폭정이 선량한 시민들에게까지 무자비하게 닥치던 시기였다. 생각은 머리로 하고 느낌은 가슴에서 우러나오게 해야 한다지만 이미 생각도, 느낌도 굳어 버린 절망과 혼돈의 시기였다. 청년은 아무것도 할 수 없었다. 내가 나에게 존중받는 것

조차 잃어버린 채….

가야산 백련암에 올랐다. 하루 3000배씩 절을 했다. 빌어 볼 소원이 있어서가 아니라 우선 나를 바로 세우고 싶었다. 무릎에 좁쌀만 한 물집이 이팝나무꽃 피듯 생겼다. 터지고 다시 아물었다. 온몸에 든 물이 다 빠져나가듯 땀을 흘렸다. 며칠 지나니 머리가 조금씩 맑아지고 몸이 가벼워졌다. 숨도 제대로 쉬어지기 시작했다. 고요한 절 마당에 앉아 한여름 소나기 내리는 산 아래를 하염없이 바라보았다. 나무들이 빗방울을 수정처럼 달고 먼 산을 향해 흔들린다. 마치 삼배를 올리듯….

큰스님께서 불러 앉히고 물으셨다.

"뭐 할라꼬 이까지 와서 쌩고생을 하고 있노?"

"절하러 왔습니다!"

"절해 보니 우떳트노? 힘들제? 꽤 안 부리고 절을 열심히 한다고 해서 내가 보자고 했데이." 그러고는 또 물으신다. "'어떤 것이 부처님입니까?' 하고 물었더니 '삼서근麻三斤'이라 했다. 부처님을 물었는데 어찌 삼서근이라고 했는고?"

그저 말없이 스님을 쳐다보고 있으니 "공부해 답을 얻어 보거라" 하신다. 즉시 그 답이 떠오르지는 않았지만 큰스님을 마주 대한 것만으로도 마음의 위로가 되었다. 평온해졌다. 훗날 조계종 종정이 되신 뒤 "산은 산이요, 물은 물이로다"라는 법어를 내신 성철 큰스님이셨다.

"남을 위해 기도하라!" 산을 내려오며 큰스님께서 재차 일러 주신 말씀을 떠올렸다. 그리고 '화두는 설사 못 풀더라도 나무처럼은 살아 보자!'라고 스스로 다짐했다. 나무는 사람과 자연을 이어 주는 가교라고 했다. 우리 주변 곳곳에 무심히 서서 아름다운 세상을 만들며 생명의 지표가 되어 주는 나무. 나무와 나무가 서로 어울려 숲을 이루듯 사람도 이웃들과 어울려 배려하고 위하며 살면 좋겠다고 생각했다. '나무는 서 있는 사람이고 사람은 걸어 다니는 나무'라는 말도 가슴에 담았다. 그제야 불안이 조금 누그러드는 것 같았다.

나무의 맨 꼭대기 우듬지가 하늘을 치받지 않고 하늘이 허락하는 대로 자라듯, 사시사철 변화에도 역정 내지 않고 순응하며 느리게 자라듯, 비를 맞고 눈을 맞으며 하나도 안 자란 듯 겸손하게 자라는 나무처럼 살면 좋겠다고 생각했다. 그러자면 내가 먼저 나무가 되자. 그렇게 되면 길 위에서 어떤 나무를 만나든 나는 친구가 될 수 있을 것 같았다. 자연스럽게 나무에 대해 관심이 커진 뒤 나무 사진도 열심히 찍게 되었다. 잘생기고 유명한 나무보다는 이름 없는 들에 이름 없이 혼자 선 나무에 눈이 더 가기 시작했다.

2007년에 연 나의 사진전에 찾아온 최열 환경재단 이사장이 방명록에 남겨 준 글귀를 여기 옮겨 본다. "나무가 나무에게 말했다. 우리 더불어 숲을 지키자! 2007. 2. 22. 최열 나무가 강재훈 나무에게." 내가 말한 바 없었으나 나를 나무라 불러 준 것이 참 고마웠다. 나무처럼 살아 보려는 내게 큰 힘이 되어 주었다. 오늘도 나는 길을 나선다.

담벼락에 나무를 그리는 마음

나는 나무가 그려진 벽화에 관심이 많다. 골목길을 걷다 보면 벽이나 담장에 나무가 그려진 곳을 만날 때가 있다. 개인 주택이나 아파트 외벽, 건물 외벽이나 건설 현장 가림막 등 다양한 곳에서 만나는 벽화. 그중 나무가 그려진 벽을 만나면 멈춰 서서 사진을 찍는다. 그리고 궁금해한다. 왜 나무를 그렸을까? 벽에 나무를 그리는 마음은 어떤 마음일까? 그려진 나무는 실제 나무를 대신할 수 있을까?

물을 주거나 가지치기를 해 주지 않아도 집에 생명을 불어넣을 것 같은 나무 벽화는 숲이나 나무에 호감이 큰 주인의 마음 따라 그려졌을 것이라 짐작해 본다. 아니면 지나가다가 그 벽화를 보게 될 사람들의 관점에서 그렸을 것 같아 자못 흥미롭기도 하다. 온통 시멘트로 세운 인공 도시에 자연의 숲이 그려지니 눈의 피로도가 낮아지고 심정적으로 안정감을 찾을 수 있는 풍경이다.

나무가 그려진 벽화를 만나면 그냥 지나치지 못하고 사진을 찍는 습관. 나무 그림이 마음의 문을 두드려 가던 발걸음을 멈춰 세우기 때문이다. 염치 불고하고 담장 너머를 살짝 들여다보면 마당엔 또 다른 나무가 자라고 몇몇 꽃들도 자라고 있다. 감나무나 대추나무 같은 유실수가 대부분이지만 더러는 소나무나 산수유, 이따금 서양수수꽃다리(라일락)가 담장 너머 오가는 사람들과 인사를 나누도록 심었다. 박새, 딱새, 참새도 드나든다. 새들은 사람보다 아침이 더 일러서 동이 틀 무렵부터 찾아와 알람처럼 울어 댄다. 새소리를 들으며 시작하는 아침의 상쾌함은 하루를 가볍게 한다. 나무 벽화를 그린 집주인은 어쩌면 자연과 친숙하거나 숲을 동경하는 사람일지도 모르겠다.

자치 단체나 마을 전체가 나서서 벽화 마을을 조성한 곳의 벽화들은 각양각색이긴 해도 감성적으로 다가오기 쉽지 않고 감흥 또한 덜한 경우가 많지만, 자신의 집 담벼락에 돌 이어붙

임 방식으로 나무를 형상화한 서울 광장동의 벽화나 충북 음성 맹동 주민 센터 방음벽처럼 나무나 숲을 그린 독립 벽화는 개성 있고 의미 또한 남다르다. 그런 나무 벽화들을 보면 나는 거의 반사적으로 발걸음을 멈춘다. 그 뒤 한참을 바라본다. '왜 나무를 그리고 싶었을까?' 궁금증과 함께 내 마음속에 들어앉은 나무에 대한 오랜 그리움을 퍼 올려 나와 내가 대화를 나누기도 한다.

나무 하면 떠오르는 단어가 그리움이 된 지 오래다. 사람마다 나무에 대한 추억이 다르겠지만 시골에서 나고 자란 나는 서울로 이주한 이래 고향의 산천을 잊어 본 적이 없다. 나이가 제법 든 지금은 송홧가루가 날리면 재채기, 콧물, 눈 가려움이 먼저 찾아오지만, 다식을 만들어 주겠다는 어머니의 말에 그 송홧가루를 받기 위해 온 산을 오르내렸던 어린 시절 추억은 어머니의 손맛이 더해진 송화다식 맛으로 각인되어 잊히지 않는다.

나무는 거짓말을 안 한다고 했다. 나무는 버릴 것 없이 모든 것을 주고도 더 주려고 한다. 아낌없이 주는 나무가 괜히 나온 말이 아니다. 그래서 나무처럼 살고 싶다는 생각을 한다. 실천

이 어려워서 그렇지, 나무처럼 살 수만 있다면 그 인생은 참 잘 사는 인생이라고 생각한다. 나무가 모여 숲이 되는 것처럼 한 사람 한 사람이 모여 이웃이 되고 마을이 되고 국가가 된다. 한 그루의 나무가 자연 그 자체인 것처럼 나부터 나무가 되고자 한다면 우리는 숲이 될 수 있지 않겠는가. 자연의 아름다움과 위대함이 곧 한 그루의 나무로부터 시작된다는 생각에 나무에 대한 동경심을 내려놓지 못한다.

건설 현장 가림막에도 나무 그림이 늘어나고 있는 것 같아 참 다행이다. 나무가 그려진 벽화로부터 현대인의 바쁘고 각박한 하루가 조금이라도 여유로워질 수 있고 느려질 수 있다면 이 얼마나 다행스러운 일인가. 그렇다. 느림의 미학이란 말처럼 나무와 나무가 이어 주는 숲의 언어는 우리에게 이완과 치유, 배려와 살핌, 공감과 여유 등의 단어로 환치되어 마음의 긴장을 풀어 주고 평온함을 전해 주지 않겠는가.

나무다움이 곧 자연스러움이자 아름다움이다. 나무처럼 살아가자.

어린이대공원에서 천년 나무를 생각하다

바람 부는 날, 비가 오는 날, 안개 낀 날, 눈이 내리는 날, 그리고 벚꽃이나 단풍잎이 지는 날. 시간이 허락한다면 나는 카메라를 메고 서울 어린이대공원 숲의 나무를 찾아 나선다. 비가 내려 상록수 가지 끝에 맺히는 은빛 영롱한 구슬들을 바라본다. 촉촉이 젖은 바람결에 늘어진 버드나무 가지가 춤을 춘다. 그때 나는 비와 바람의 여행길에 동행하며 같이 흔들려 본다. 꽃이 지는 날에는 벚나무 곁으로 가서 벚꽃이 눈처럼 변하는 순간을 만나면 된다. 고요한 날에는 플라타너스 곁으로 가서 까치집을 바라보고, 포플러가 큰바람에 일렁일 때는 나도 같이 바람을 타면 그만이다. 이런 순간을 느끼기 위해 바람 앞에 서고 비나 눈을 맞는 것 아니겠는가. 혹여 안개라도 낀 날엔 따뜻한 커피 한 잔을 들고 그루터기에 앉아 나무 스스로 고독을 이고 선 모습을 차분히 그린다.

나무에 대해 생각한다. 나는 왜 나무와 사귀고 싶고 이야기를 나누고 싶어 할까? 살아 있는 생명체로서 나무가 품은 기운을 느끼고 싶고, 나무 곁에 가면 이유 없이 편안해지기 때문인 것 같다. '일체유심조一切唯心造'라, 결국 마음 따라 일어나는 심상이고 나무가 내 마음속에 있어서 그런 것으로 생각한다. 천년을 넘게 산 나무 이야기를 접할 때도 있다. 우리나라에서 가장 오래된 나무는 울릉도 도동항 옆 암벽에서 만고풍상을 간직한 채 바다를 향해 자라고 있는 향나무인데 나이가 무려 2500살쯤 되는 것으로 알려졌다. 하지만 과학적으로 정확히 측정된 것은 아니다. 공식적으로 가장 오래된 나무는 강원도 정선 두위봉에 있는 주목으로 1400년 정도 된 것으로 밝혀졌다. 그다음 2위는 경기도 양평군 용문사의 은행나무다. 산림청의 2022년 7월 조사 발표에 의하면 수령이 1000년 이상 된 나무는 전국에 모두 열 그루 이상이라고 한다. 지구상에서 가장 오래 사는 생명체가 나무라고 하는 것처럼 전 세계에는 5000년도

더 산 것으로 조사된 나무들이 있으니 반만년 나무의 삶에 비하면 인간의 100년 삶은 얼마나 미약한가 싶다.

어린이대공원의 나무들은 플라타너스, 은행나무, 메타세쿼이아, 버드나무, 미루나무, 벚나무, 소나무, 아까시나무, 느티나무, 계수나무, 배롱나무(백일홍), 산딸나무, 층층나무 등 종류도 다양하지만 대체로 키가 크고 줄기가 굵다. 드럼통보다 굵은 검은 둥치 위 가지들이 하늘을 온통 가릴 듯한 벚나무 숲을 만나면 마치 《삼국지》에 나오는 힘센 장수 장비가 분신술을 써서 여럿이 동시에 나를 막아선 느낌이 든다. 공원이 개장될 때 심어졌다면 어림잡아도 수령이 60년은 더 되었을 벚나무에는 불끈불끈 유주乳柱(줄기에 상처를 입었을 때 자가 치유 방법으로 나무 진액이 흘러나와 뭉친 자리)가 제법 달렸다. 또한 하늘을 뚫고 올라갈 듯 홀로 키 큰 포플러에 구름이 걸린 모습은 푸른 바다에 커다란 함선이 항해하듯 하늘을 밀고 나아가는 모습처럼 장대해 보인다.

지구가 도는지 아니면 바람이 부는지 잎을 떨군 버드나무 가지가 일렁인다. 나무 밑에 서서 바람 따라 흩날리는 버드나무 가지에 초점을 맞추고 나도 따라 흩날린다. 이때 보슬비라도 내리면 사진 이미지 안에서도 비가 내리고 기분 또한 비를 닮는다. 얼굴에 닿는 비의 촉감과 바람결에 이미 나는 중독되었음을 고백하겠다. 특히 비 맞은 검은 나무들은 숲에 풀린 잿빛 물감이 칠해진 듯 무게감이 더하다. 큰 나무에는 정령이 깃들어 산다는 말처럼 이날의 나무는 이미 신령스럽다. 하여 나는 나무에 의지하고 있음을 느낀다.

불교를 나무(숲)의 종교라 부른다지만 어디 불교뿐이겠는

가. 숲에서 만나는 커다란 나무에게서 나는 성직자를 만나 영성을 나누는 느낌을 받는다. 아마도 나무가 갖는 무소유와 베풂의 이미지 때문인 것 같다. 동물은 다른 생명체를 먹어 생명을 유지하는데, 나무(식물)는 스스로 양분을 만들어 살아갈 뿐 아니라 광합성을 통해 산소를 만들어 지구의 모든 생명체를 살리는 일을 한다. 즉, 나무에게 필요한 것은 단지 물과 이산화탄소와 풍부한 햇빛이면 그만이다.

다 주고도 더 주려는 나무. 그 느낌을 사진으로 표현해 보고 싶다면 섣부른 욕심일까. 그런데도 나는 그 느낌을 찾아 나선다. 그리고 하염없이 나무를 바라보고 나무와 이야기를 나누며 사진 작업을 이어 간다. 나에게 부족함이 많은 것을 모르는 채 허세를 부리는 것이 아니라 그 빈자리를 채우고 싶은 마음으로 나무 사진 찍기를 하고 있는지도 모른다. 그런 의미에서 나무는 이미 나의 스승이다. 욕심을 내려놓으라고 일러 주기도 하고, 마음을 비우라고 권하기도 한다. 더 내려놓고 더 비우다 보면 혹시 만에 하나 평정심을 얻을 날이 오지 않을까?

두 물이 만나는 곳에 서서

이따금 생각의 끈이 느슨해지거나 배터리가 방전되어 도대체 아무것도 할 수 없을 것 같은 기분이 찾아올 때가 있다. 그럴 때면 훌쩍 경기도 양평 양수리 두물머리를 찾아가곤 한다. 북한강과 남한강이 만나 한강이 되는 합수머리, 좋아하는 가수 정태춘의 〈북한강에서〉를 들으며 앉아 쉬노라면 마음이 강물 속으로 침잠하듯 가라앉고 이내 평온이 찾아와 준다. 강 건너로 보이는 운길산 수종사의 물종소리가 귀에 닿을 즈음 종일 세상을 밝히느라 피곤했을 해도 뉘엿 지면서 석양이 드리운 붉은 강에 나무들이 눕는다.

두물머리에 앉아 나무를 바라보는 게 전부다. 팔당호에 드리운 나무 그림자가 운길산 봉우리에 닿는지, 그렇지 않은지

바라보거나 강물 속 소리를 들어 보려 귀를 기울인다. 그러다 보면 내 속이 맑아지고 치유된 느낌을 받는다. 세상살이에 지쳐 힘겨워하고 금방이라도 쓰러질 듯 뒤뚱거리다가도 다시 되돌아서서 내 발로 걸어 삶의 현장으로 돌아갈 수 있게 해 주는 곳이다. 고교생 시절에도 하교 이후에 여러 차례 양수리 두물머리로 가는 버스를 탔던 기억이 있다. 학교에서 집으로 가는 길 중간 즈음인 청량리 로터리에서 시외로 가는 버스들이 출발했다. 양수리로 가는 버스도 그곳에서 출발했기에 숨이 잘 쉬어지지 않을 때면 그냥 버스를 타고 종점까지 가서 강을 바라보다가 돌아왔다.

2장

나무라지 않는 나무

꿈은 찬 우물에 눈 쌓이듯 자란다

대학에서 화학을 공부한 나는 졸업하면 당연히 전공을 살려 직장을 찾아 나서야 하는 상황이었다. 하지만 그 길에 서면 도무지 잘해 낼 것 같지 않았다. 죽기보다 싫었다는 말이 맞았다. 방법은 하나, 어렸을 때부터 취미 활동으로 계속했던 사진 전문가가 되기로 했다. 사진 비전공자에게도 응시의 문을 열어 놓은 대학원에 진학하기로 결심하고 사진 이론을 공부하고 촬영 실기도 준비했다.

'찬 우물에 눈 쌓이듯 공부하라'는 말을 가슴에 새기고 밤낮없이 노력했지만, 비전공 학문을 새롭게 공부하는 것은 결코 쉬운 일이 아니었다. 도끼를 갈아 바늘을 만들어 낸다는 '마부위침磨斧爲針'의 각오랄까, 화학과 4학년의 여름과 가을 동안 책상에 박힌 못처럼 앉아 사진학 전공 이론을 공부했다.

시나브로 겨울이 되고 대학원 시험을 보러 갔다. 함께 응시한 사람들과 인사를 나누다 보니 거의 대부분 대학에서 사진을 전공했거나 이미 사진업계에 재직 중인 전문가들이었다. 거기에 더해 현직 신문사 사진 기자까지. 도저히 나와는 경쟁이 안 되는 쟁쟁한 사람들이었다. 풀이 죽고 의기소침해졌지만 별다른 수가 없었다. 나름대로 최선을 다해 이론 시험을 보고 스튜디오 촬영 실기 시험까지 마쳤다. 하지만 이미 자포자기해 버렸다고 해도 과언이 아니었다.

실기시험 날의 기억은 지금 생각해도 참 난감했던 하루였다. 아침 9시, 대기실에 들어서니 저마다 준비해 온 자기 카메라를 점검하는데 그들의 장비에 비하면 친구에게 빌린 내 카메라는 견줄 수 없을 만큼 초라해 보였다. 정확하지는 않지만 대략 마흔일곱 명의 수험생이 모여 실기시험 번호표를 뽑았다. 내가 뽑은 번호는 13번, 열세 번째다. 하지만 결론부터 말하자면 나는 마지막으로 스튜디오 문을 열고 들어가 실기시험을 보았다. 수험 번호가 10번 정도 되었을 때 어떤 여학생이 내게 다

가와 이런 부탁을 했다.

“제가 시험을 보러 대구에서 왔는데 이렇게 진행될 줄 모르고 내려가는 기차표를 오후 이른 시각 것으로 예매했거든요. 혹시 가능하시면 저랑 촬영 순번을 좀 바꿔 주실 수 있을까요?”

아무 생각 없었다. “네, 그렇게 하시죠!” 실은 자신이 없었기에 순서를 뒤로 바꿔 주는 게 아무 문제도 되지 않았으며 오히려 촬영 순번이 다가올수록 떨리던 마음이 조금 가라앉아 좋았다. 그런데 다른 사람이 또 바꿔 달란다. 또 바꿔 주었다. 그러다가 또 다른 어떤 이가 바꿔 줄 수 있냐고 해서 그러라고 했다. 그렇게 결국 내가 마지막 촬영자가 된 것이다.

짧은 겨울 해가 뉘엿 지고 날이 어둑해졌다. 저녁 6시가 다 된 시각, 마지막으로 실기 시험장 문을 열고 들어섰다. 젊은 여성 모델 한 명이 털썩 주저앉아 있었다. 지칠 대로 지친 표정으로. 주변에는 한복과 양장 등 모델이 갈아입을 수 있는 옷가지들이 준비되어 있었고, 가야금은 물론 장구와 바이올린 등 동서양 악기들도 준비되어 있었다. 감독관이 "모델과 소품을 다양하게 활용해 찍고 싶은 사진을 찍으면 된다"고 안내하는 사이 나는 "수고 많으셨네요, 제가 마지막입니다" 하고 인사를 건넸다. 나는 입고 간 양복 상의를 벗고 와이셔츠 소매를 걷어 올렸다. 그날은 마침 모 제약 회사 신입 사원 1차 합격자 면접일이었다. 화학과를 졸업할 막내아들이 제약 회사 취업 면접에 가는 줄 알고 어머니께서 새벽에 일어나 양복과 흰 와이셔츠를 다림질해 놓으셨다.

"그대로 앉아 계시다가 장구를 메고 천천히 일어나서 장구춤을 추실 수 있죠? 춤을 추시다가 제가 그만 되었다고 하면 그대로 장구를 내려놓고 처음의 이 모습처럼 천천히 플로어floor

에 앉아 주시면 되겠습니다"라고 했더니 오히려 모델이 되묻는다.

"그렇게만 해 드려도 되겠어요? 다른 부탁을 더 하셔도 들어 드릴 수 있어요." 아마도 내 제안이 의아했던 모양이다. 그리고 재차 이야기했다. "양복을 입고 오셨네요. 왠지 제가 존중받는 느낌이 들어 좋은데요? 양장을 갈아입고도 한번 찍어 보시죠! 앞선 수험생들은 요구 사항이 엄청 많았어요!"

다른 수험생들은 이것저것 다양하게 찍어 냈을 것 같았다. 옷을 갈아입히기도 하고 악기를 다루는 포즈를 취해 달라고도 하지 않았을까 싶었다. '아침부터 저녁까지 혼자서 수험생 40여 명의 모델을 하자니 얼마나 힘들고 지쳤을까?' 싶어 안타까운 마음이 들었다. 나는 그냥 처음의 내 제안대로만 하고 끝내자고 했다. 잘 찍고 못 찍고를 떠나 얼른 마치고 보내 주고 싶었다. 좀 더 솔직하게 말하자면 나도 얼른 이 답답한 공간에서 벗어나고 싶었다. 조명이나 배경을 바꾼다든가 모델에게 이런저런 옷을 갈아입혀 포즈를 요청하며 여러 가지로 찍을 엄두가 안 났고, 자신이 없었던 것도 사실이었다.

모델이 장구를 메고 일어나 천천히 춤을 추기 시작했다. 마지막 남은 힘을 다 쏟아 내겠다는 듯 온 힘을 다해 장구채를 두드렸다. 그러고는 천천히 박자를 내렸다. 추던 춤을 마치고 장구를 내려놓으며 자리에 앉았다. "됐어요?" 숨이 찬 듯 호흡을 가다듬으며 내게 물었다. 얼굴에 땀이 송골송골 맺혔다. 그 모습을 36컷짜리 필름 한 통에 기록했다. "네, 수고하셨습니다. 고맙습니다!"

찍은 필름을 제출하고 밖으로 나왔다. 한강에서 불어온 겨울바람이 춥기는커녕 그렇게 시원할 수가 없었다. 이유 없이 발걸음이 닿은 포장마차에 들렀다. 술이 들어가도 자신감이 살아나지 않았다. 난 당연히 떨어질 거라는 생각만 들었다. 그 뒤 합격자 발표도 보러 가지 않았다. 당시에는 합격자 명단을 학교 게시판에 종이 공고로 붙이던 때여서 직접 발표를 보러 가지 않으면 따로 결과를 알기 어려운 상황이었다. 나는 자신이 없어서 확인하기도 포기했다.

하지만 이왕 이렇게 된 것이니 사진 일을 할 수 있는 곳에 취업해야겠다고 생각했다. 마침 작은 출판업체에서 사진 촬영 전문직 모집 공고를 냈는데 거기에 응시했다.

"저는 이번에 홍대 대학원에 사진 전공으로 합격한 ○○○이

라고 합니다!"

시험을 보러 온 사람 중 어떤 이가 자기소개를 했다. 순간 나는 속으로 '너는 붙었구나, 참 좋겠다'라며 부러워했다. "예, 저는 강재훈이라고 합니다"라며 손을 내밀었더니 그가 바로 되물었다.

"혹시 홍대 대학원 시험 보지 않았어요? 시험 본 강재훈이라면 당신도 합격했던데…. 오늘이 등록 마지막 날이잖아요."

"와, 정말요? 그 강재훈이 나 맞아요. 고마워요!" 나중에 알게 된 사실이지만, 대학원에서 우리 집으로 합격 통보 전화를 했는데 그 전화를 받은 어머니께서 그런 사람 없다고 했던 모양이었다. 내가 대학원 시험을 본 걸 모르고 계셨으니 당연한 일이었다. 그길로 홍익대학교로 달려가 간신히 마감 20여 분을 앞두고 등록할 수 있었다. 그렇게 대학원에 진학했다.

돌이켜 보면, 대학 3학년까지 공부했던 화학 전공을 포기하고 우여곡절 끝에 사진의 길에 들어선 게 무모한 선택일 수도 있었다. 하지만 그 결심의 결과, 나는 스물일곱 살 이후 지금까지 전문적으로 사진 하는 사람으로 살고 있다. 언론사 사진 기자가 되어 정년퇴직했으니 얼마나 감사한 일인가. 사진보다 사람이 먼저라는 생각, 거짓과 욕심을 내려놓은 사진이 우리 세상에서 '좋은 의미의 사회적 기능'을 한다고 믿는다. "당신 앞의 피사체가 이름 없는 풀꽃이어도 당신의 카메라가 폭력이 되지 않게 사진을 찍으면 좋겠어요!"라는 말을 나누며 '좋은 사진 운동'을 이어 오고 있다.

화학도의 길을 내려놓고 선택한 사진의 길을 돌아보며, 잠재된 자아를 아직 만나지 못한 사람들이 좌절과 포기를 안고 시

작하지 않기를 진심으로 바라고 기원한다. 기어이 자신의 꿈과 희망을 펼칠 수 있는 날을 맞이할 거라고 응원한다.

양철 지붕 밑
최고의
빗소리

비가 내린다. 가랑비, 보슬비, 소나기, 안개비, 여우비, 이슬비, 장맛비…. 모두 비를 표현하는 우리말이다. 이 밖에도 비를 부르는 이름이 더 있지만 계절 따라 내리는 봄비, 여름비, 가을비, 겨울비 등을 제외하면 잘 사용되지 않고 사전 속에 숨은 이름들이 대부분이다.

처마 끝에서 떨어지는 낙수가 마당 댓돌에 흔적을 남겼다. 그곳에 쪼그려 앉아 빗방울이 떨어졌다가 튀어 오르는 장면, 즉 빗방울이 댓돌에 구멍을 내기 위해 자신의 몸을 멍들이며 산화하는 장면을 찍으려고 숨을 멈춘 채 셔터를 누른다. '도대체 몇 방울이 떨어져 이 동그란 파임이 생겼을까?' 이렇게 생각하

며 물방울이라도 끊임없이 떨어지면 언젠가는 돌에 구멍을 뚫는다는 '산류천석山溜穿石'이란 사자성어가 결코 가당찮은 말이 아님을 눈으로 확인하고 있다. 낙수가 지구를 뚫는구나!

어떤 예술가의 표현을 빌자면 빗소리 중에서는 역시 양철 지붕 위에 떨어지는 빗소리가 최고라 했다. 지붕 처마에서 이어 마루 끝까지 덮은 양철 지붕 밑에 앉아 여름 소나기의 즉흥 연주를 들어 본 사람들은 그 기억을 잊지 못하리라. 그리고 그 기억 때문에 비가 내리면 빗소리가 가까운 곳으로 나서지 않을까 싶다. 사람마다 좋아하는 소리를 꼽으라면 비단 빗소리만은 아닐 것이다. 갓난아기의 옹알이나 반려동물의 애교 섞인 울음소리도 좋아할 것이다. 하지만 대체로 계곡 물소리, 새소리, 대숲을 지나는 바람 소리, 바닷가 파도 소리 등이 남녀노소를 가리지 않고 가장 좋아하는 소리의 앞 순위를 차지한다. 그 좋아하는 소리를 들으며 눈을 감고 깊은숨을 쉬어 보면 어떨까. 눈은 감고 귀는 열어 들리는 소리에만 집중해 보자. 머리에 가득한 상념을 내려놓고 청음의 세계를 경험할 수 있다면 그게 바로 명상 아니겠는가. 바로 그 순간 일상에 지친 몸과 마음이 치유되는 것이다.

오늘처럼 비라도 내리는 날이면 나는 훌쩍 소나기마을이 있는 양평을 향해 나서는 게 버릇이 되었다. 돌아가신 어머니를 모신 공원묘지로 가는 길이기도 하다. 갈 때마다 마치 내 고향을 지나는 듯 마음이 편하고 잠깐이라도 차를 멈추고 싶어지는 곳이다. 기억을 되짚어 옛 추억의 모습을 찾아보지만, 워낙 세월이 많이 흘러 그때의 흔적들은 거의 남아 있지 않다. 논두렁에 서서 비를 맞던 뽕나무, 싸릿담에 기대어 섰던 앵두나무와 뾰족한 가시로 무장한 채 담장 끝에서 집을 지키던 탱자나무도

사라지고 없다. 그저 변함없이 흐르는 개울과 산 밑 다랑논 풍경만이 그대로다. 모낸 논에 찾아온 흰뺨검둥오리 가족이 언제나처럼 나를 반겨 준다. 그때의 기억들이 세월과 함께 쌓여 나를 비 내리는 풍경 속으로 데리고 나선다. 비를 맞고 선 논두렁 끝 나무 한 그루, 그 나무와 나누는 인사가 사진에 그려지기를 바라며….

아파도

아프다고

말하지 않는다

몇 해째 살펴봐도 그 나무의 우듬지에는 새싹이 나지 않았다. 혹여 비바람이나 눈보라에 꺾이지나 않을까 걱정하고 있지만 다행히도 매년 그 모습 그대로다. 대견해 보였다. 마음을 빼앗긴 나는 3년여 동안 그 나무의 우듬지를 지켜보았다.

우듬지는 나무초리를 포함한 맨 꼭대기 부분을 한 덩어리로 나타낼 때 쓰는 말이다. 나무가 어느 방향으로 성장해 나갈지를 우듬지가 결정한다. 하지만 잎이 달리지 않았다면 우듬지 본연의 임무 수행이 어려울지도 모르겠다. 계절이 바뀔 때마다 사진을 찍어 기록해 보았다. 해가 바뀐 뒤에도 변화는 없었다. 무슨 사연일까? 맨 꼭대기 하늘 가까운 나무줄기라서 사람의 손이 닿았을 리도 없었을 텐데. 벼락이라도 맞은 것일까? 아니

면 새들이 변화의 단초를 제공했을까? 10여 미터 높이의 아까시나무 우듬지는 잎을 달지 못하고 오늘도 여름비에 젖은 채 흔들리고 있다.

직업병이라고 했다. 50대 후반에 얻은 허리 디스크 진단. 다리가 저리고 감각이 사라진 듯했다. 약 200여 미터 정도를 걷고 나면 통증 때문에 더 걷지를 못하고 한 번씩 쉬어야 했다. 종아리가 자주 붓고 허벅지 근육에 경련이 오거나 햄스트링 부상(허벅지 뒤 근육 손상)이 잦다. 부상에서 회복되고도 보행과 운동 능력이 완전하게 돌아오질 않고 재발이 잦았다. 담당 의사가 지금 당장 수술해야 한다고 했으나 수술 대신 재활을 선택했다. 매일 자주 느리게 걷기를 해 보라 했다. 완치는 있을 수 없으나 꾸준히 하면 효과가 있을 거라고도 했다. 다른 수가 없었다. 거의 매일 한 시간 정도 느리게 걷기를 반복했다. 증세를 억제하고 지연시키는 것이라 믿고.

늘 걷는 길에 나무 한 그루가 눈에 들어왔다. 나뭇가지 끝 우듬지에 잎이 달리지 않는 녀석이 궁금했다. 나무는 말이 없다. 아파도 아프다고 말하지 않는다. 태어난 자리에서 한발도 움직이지 못한 채 평생을 살다가 생을 마감한다. 사람처럼 병원에 갈 수도 없다. 단지 자신의 몸으로 에둘러 표현하기에, 그 아픔을 먼발치에서 바라보고 있을 뿐이다. 정상이 아닌 비정상의 모습. 몇 해째 봄이 와도 나뭇잎을 달지 못하는, 저 바늘처럼 뾰족한 우듬지에 혹시라도 어느 봄날 초록의 새잎이 돋아날지도 모른다는 희망을 품은 기다림. 검은 나뭇가지 위에 찾아온 새들이 강 쪽에서 불어온 바람에 뒤뚱거리다가 날아간다. 내 시선과 마음은 날아간 새를 쫓지 않고 우듬지 끝에 머물러 있다.

우듬지 아래 나뭇가지에는 보란 듯이 새잎이 나 초록을 칠하더니 어느새 무성해진 나뭇잎이 바람결에 춤사위를 선보인다. 그 위에서 아무 일 없다는 듯 우듬지의 뼈마디는 하늘과 교신하고 있다. 그런 나무에게서 한결같음을 배운다.

1980년대 중반의 한국 사회는 불안했다. 1986년에 아시안게임을 치러 내면서 경제적인 성장기에 접어들었다. 하지만 전두환 정권에 맞서 일어난 1987년 6월 항쟁은, 대통령 직선제를 비롯한 헌법과 정권의 개혁안을 요구하는 민주화 물결이 들불처럼 일어난 결과였다. 사진 기자 초년병 시절에는 다른 취재

현장에 나갈 일이 거의 없었을 정도로 최루탄 가득한 거리에서 살다시피 했다. 아침에 쓴 방독면을 온종일 벗지 못한 채 아스팔트 위를 뛰었다. 자부심도 있었고 의욕도 충만했기에 힘들어도 힘든 줄 몰랐다. 그런 시간이 30여 년 쌓여 지금의 내가 만들어졌다. 하지만 정년퇴직을 2년여 앞둔 2018년에 허리 디스크란 훈장을 받았다. 후회되지는 않았다. 그저 그러려니 받아들였다. 단지 이 고통을 어떻게 하면 쉽게 덜어 낼 수 있을까 고민될 뿐이었다.

우듬지가 마르고 벗겨진 아까시나무, 어쩌면 이 녀석도 남들에게 말하지 못하는 고통을 안고 살아가는지 누가 알겠는가. 마주 서서 바라보며 그 이야기를 나누고 싶었다. 하지만 나무는 말이 없다. 바람이 불면 바람결에 흔들리고 비가 오면 비를 맞아 젖은 몸을 보일 뿐이다. 우듬지를 희생해 밑동이 튼튼한 나무 전체를 살려 낸다고 생각하니 걱정이 덜어진다. 매년 새잎을 틔우는 아래 가지들이 어서 자라서 이 우듬지를 가려 주는 날이 오기를 기대해 본다. 그때쯤엔 나도 통증 사라진 몸으로 이 나무의 사진을 찍고 있을지 모르니까.

한 나무에 핀 홍매와 백매

한 그루의 나무에서 두 가지 색의 꽃이 피었다. 붉은 매화와 흰 매화가 한 나무에서 핀 보기 드문 나무다. 같은 나무줄기에서 뻗은 가지마다 서로 다른 꽃이 피었으니 일란성 쌍둥이라고 해야 할까. 궁금증이 일었다. 유전자가 변한 돌연변이일까, 아니면 접을 붙인 경우일까? 이런 경우를 일목이화一木二花, 一木異花라고 해야 할까. 그 어떤 경우라 해도 보기 드문 나무를 만났으니 기분 좋은 일이다.

2022년 봄에 찾아갔던 광진환경교육센터 숲에서 만난 매화나무. 흰 매화와 붉은 매화가 둘 다 피었네 싶어 가까이 다가가 들여다보니 한 그루의 나무였다. 신기했다. 기록해 둬야 할 나무구나 싶어서 카메라를 들고 다시 찾아가 소중히 몇 컷 찍고

돌아왔다. 컴퓨터에 사진 파일을 내려받으면서도 신기함은 여전했다. 해가 바뀐 봄에 그 매화나무를 다시 찾아가 보았다. 매화가 피기를 기다리며 지낸 3월은 설렘의 봄 마중이었다.

놀라움. 사진을 열어 파일 정보를 확인해 보니 2022년의 촬영일은 3월 30일이고 2023년의 촬영일은 3월 24일이었다. 같은 장소 같은 나무에 핀 매화의 개화 시기가 일주일 정도 차이가 났다. 돌이켜 보니 올해는 다른 꽃들의 개화도 열흘 정도 빨랐던 것 같고 꽃이 지는 시기도 너무 일렀다. 화무십일홍이 아

농간을 배척하는 배롱나무

서울시 용산구 효창공원 의열사 앞에 핀 배롱나무꽃이 비바람에 떨어진다. 방문객 센터 관계자가 그 꽃을 모아 커다란 하트 모양을 만들었다. 의열사는 일제 강점기에 조국의 독립을 위해 몸을 바친 김구, 백정기, 이동녕, 이봉창, 윤봉길, 조성환, 차리석 선생 등 7위의 영정과 안중근 의사를 모신 곳이다. 의열사 입구에 높이 약 4~5미터 정도 되는 커다란 배롱나무가 있다. 봄꽃들이 지고 난 뒤 숲에 녹음이 우거질 무렵 7월 초부터 홍자색 꽃이 피기 시작하는 배롱나무는 가을까지 피고 지기를 반복한다.

'꽃 백일홍'과는 다르지만 아마도 100일 정도의 긴 개화기 때문에 '목木백일홍'이라 불리는 것 같다. 연약해 보이는 꽃이 비바람에 쉬 떨어져 뒹굴지만 연이어 피고 지기를 잇는 배롱나무. 그 모습에서 마치 항일 무장 투쟁에 나섰던 독립군 병사들의 영혼이 스러져도 다시 일어나 전투에 나서는 장면이 연상되어 경건함이 더했다. 흩뿌려졌던 백일홍이 한데 모여 붉은 하트로 변신한 모습을 하염없이 바라보았다. 우리 선열들의 넋과 얼을 기려 이 나라가 더는 누란지세累卵之勢에 처하지 않기를 기원하며.

우리 몸에 예기치 않은 상처가 났을 때 배롱나무꽃을 찧어서 상처가 난 부위에 붙이면 출혈을 멈추게 해 준다는 약효가 전해지고 있다. 경술국치로 인한 국권 침탈과 식민 통치 36년, 그리고 패전 퇴각 뒤 80여 년이 되어 가는 현재까지 가장 가까운 우방국을 자처하고 있지만, 일본은 사죄 요구를 요리조리 피하며 자국의 이익을 앞세워 발톱을 숨긴 채 호시탐탐 한반도를 엿보고 있다는 느낌을 지울 수가 없다. 경제 문화적인 침범도 침범이라고 한다면 이럴 때 배롱나무꽃의 약효처럼 우리 선열들의 우국충정을 배워 일본에 맞서는 힘을 길러야 할 것이다.

의열사 앞 배롱나무꽃이 여름 끝 비바람에 날린다. 마치 안

중근 의사와 윤봉길 의사를 비롯한 독립 영웅들의 영혼이 깨어나 역정을 내는 소리인 듯 배롱나무꽃이 더 붉게 보인다. 앞으로 나는 배롱나무를 농간 부리는 이들을 배척한다는 의미로 배롱排弄나무라 부르겠다.

여백이라 생각하고 따르려 한다. “자연을 겉 태로만(눈으로만) 보지 말고 마음으로 보라.” 어느 책에서 읽었는데 참 좋아하는 구절이다. 눈에 보이는 대로 찍는 사진은 ‘잘 찍은 사진’에 들 수는 있겠지만 진정 ‘좋은 사진’이라는 평을 받기는 쉽지 않으리라 생각한다. 사물이나 풍경을 카메라로 보기에 앞서 마음으로 먼저 보고 천천히 생각을 가다듬은 뒤에 셔터를 작동시켜야 한다는 생각에 변함이 없다.

처음엔 쉽지 않겠지만 습관을 들이면 ‘좋은 사진’을 작업해 낼 확률이 더 높아질 것이다. 눈으로 보기에 앞서 마음으로 보기를 반복하면 내 눈앞의 사물 형태 혹은 색에 얽매이지 않고 그 사물 본연의 모습을 향한 깊이 있는 사색이 가능해지기 때문이다. 사물에 얽매이지 않으면서 동시에 그 사물에 대한 깊이 있는 사색을 가능하게 하는 것은 곧 명상으로 이어지고 명상은 치유로 이어지는 것 아닐까…. 사진가가 그런 마음 자세로 사진을 해낼 수 있으려면 다양한 경험과 독서가 실천되어야 한다는 말을 가슴에 새기고 있다. 행천리로 독만권서行千里路 讀萬卷書!

바람불이를 지키는 상록수

"저 들에 푸르른 솔잎을 보라, 돌보는 사람도 하나 없는데, 비바람 맞고 눈보라 쳐도, 온 누리 끝까지 맘껏 푸르다."

한국 대중음악을 대표하는 음유 시인 김민기의 노래 〈상록수〉의 첫 소절이다. 가수 겸 공연 연출가이자 극단 '학전'의 대표인 김민기가 1979년에 작사·작곡해 발표했다. 서울대 미대를 나와 노동 운동을 하던 김민기가 노동자들의 합동결혼식 축가로 만든 이 노래는 1979년 가수 양희은이 〈거치른 들판에 푸르른 솔잎처럼〉이라는 제목으로 발표하였다. 하지만 전두환 군사 정부의 서슬 퍼런 검열에 걸려 곧바로 금지곡이 되었다. 수면 아래 잠겨 강물 속으로 흐르던 노래는 1980년대 후반 〈아침이슬〉과 더불어 민주화 운동 현장으로 소환되었다. 누가 앞장

선 것도 아닌데 들불처럼 번져 민주화 운동의 노래가 되었다. 〈아침이슬〉〈친구〉〈바람과 나〉 등과 함께 지금도 그 시대를 건너온 사람들의 마음속에 김민기와 함께 남은 노래, 향수와 애환을 안주 삼은 술자리에 빠지지 않고 떼창으로 대미를 장식하는 노래다.

〈상록수〉의 가사를 읽어 본다. '저 들에 푸르른 솔잎을 보라, 돌보는 사람도 하나 없는데, 비바람 맞고 눈보라 쳐도, 온 누리 끝까지 맘껏 푸르다.' 노래가 좋아 늘 흥얼거리던 내 앞에 노랫

말과 너무도 잘 어울리는 소나무 한 그루가 나타나 주었다.

강원도 인제 진동계곡 개활지에 말 그대로 '돌보는 사람도 하나 없는데 비바람 맞고 눈보라 맞으며' 서 있는 작은 소나무였다. 친구 하나가 더 생긴 기쁨은 뭐라 표현하기 어려울 정도였다. 인제 하면 흔히 원대리 자작나무 숲을 떠올리지만 나는 대내외적으로 유명해진 곳보다는 그저 어느 길가 모퉁이라도 나만의 피사체를 찾아 사진 찍기를 좋아하는 편이다. 이 소나무도 그렇게 만난 녀석이다. 발견 당시의 놀라움도 컸고 그 나무에 대한 경외감도 컸다.

바람이 많이 불기로 유명해 이름까지도 '바람불이'라 불리는 지역이다. 바다에서 시작되었을 것으로 짐작되는 바람이 백두 대간을 넘으며 골짜기마다 빠르게 저공비행하니 그 벌판의 작은 소나무가 활처럼 휠 정도로 세차다. 바람이 비를 싣고 오면 비바람을 맞아야 하고 눈을 싣고 오면 눈보라를 맞으며 서 있어야 하니, 나 또한 자꾸만 그 나무가 궁금하고 그리워서 먼 길을 달리고 또 달려가곤 했다. 갈 때마다 다가가서 묻는다. 외롭지 않았냐고, 신나는 일은 없었냐고. 나무는 애처롭고 외로워 보이기도 했지만 참으로 의젓하게 잘 버텨 주었다. 구름을 타고 날아 보기도 하고 안개 속에 숨어 며칠을 지내기도 했단다. 한 해, 두 해, 세 해, 네 해. 한번 정을 주면 몇 번이고 다시 찾아가서 이야기를 나누고 돌아오던 내게 그 어느 날이 찾아와 주었다. 큰 산 그림자가 소나무를 받쳐 품 넓게 살펴 준다고 느껴지는 순간 내 카메라가 그를 향했다.

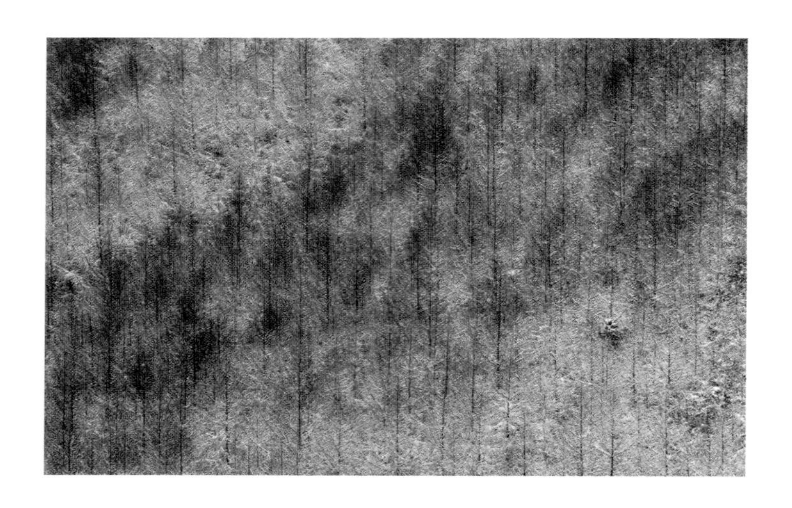

나무 사이로
달이 뜨면
마음도 달뜬다

2023년 8월 31일은 음력 7월 16일, 근래 보기 드문 '슈퍼 블루문'이 떴다. 음력 15일이 아닌 보름에서 하루 더 지난 이날에 둥글고 큰 보름달이 뜬 이유는 달의 공전 주기가 29일 12시간 4분 3초로 30일에 딱 떨어지는 게 아니기 때문이다. 달-지구-태양 순으로 일직선이 되는 날은 달이 태양빛을 온전히 받아 달의 앞면 전체가 드러나면서 가장 둥글게 보인단다. 그뿐 아니라 이날 뜬 슈퍼문은 달과 지구의 거리가 평균 거리인 38만 4400킬로미터보다 약 2만 7000킬로미터 더 가까워지면서 평소보다 훨씬 크게 보인 것이다. 해달별의 공전과 자전이 만드는 하늘의 변화, 전국 각지에서 촬영된 붉은 보름달이 매스컴과 SNS를 달구었다.

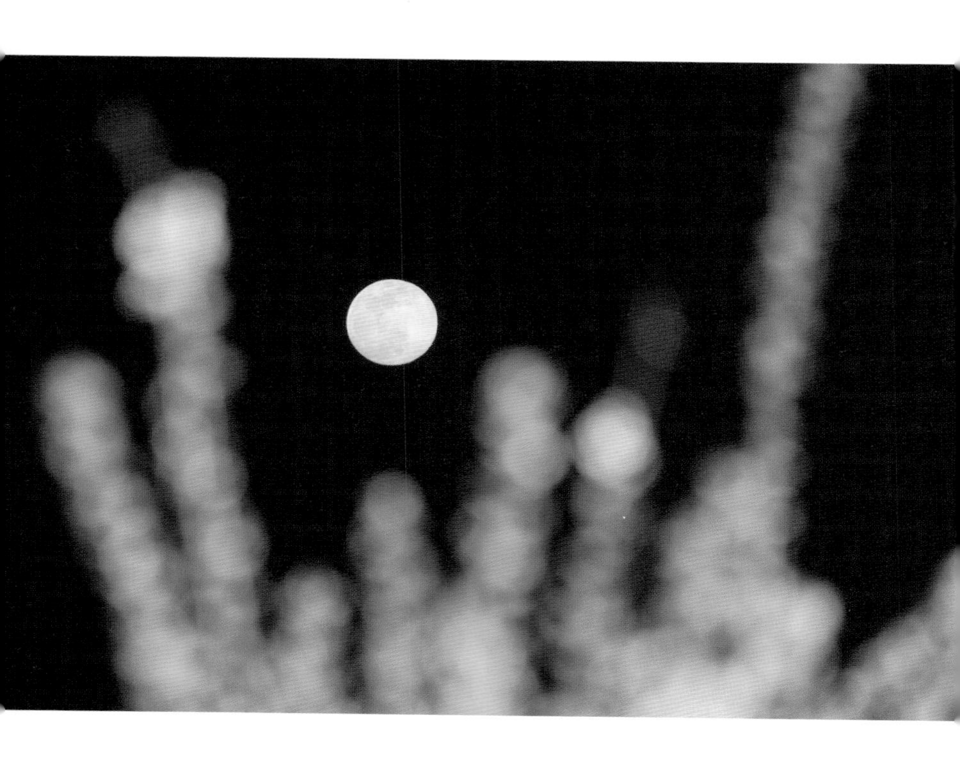

혜성이 관찰되거나 유성우가 쏟아진다는 뉴스 혹은 슈퍼문이 뜬다는 뉴스를 접하면 왠지 모를 기대감 때문에라도 대면 인사를 하는 게 맞을 것 같았다. 채비도 없이 잠깐 집 뒷산에 올라가 '달님 달님, 제 소원 하나 들어주세요!' 하며 보름달과 인사를 하고 내려왔다. 보름달은 8시 뉴스 첫머리를 장식했고 다음 슈퍼 블루문이 뜨는 날은 2037년 1월 31일이라고 알려 주었다. 이런 보름달 이야기는 아마도 우리가 사는 지구가 돌고 달도 돌기 때문이겠지. 우리네 인생도 돌고.

낮달을 보는 느낌도 좋다. 겨울이 오는 음력 10월이면 낮에 뜬 달을 볼 기회가 늘어나는데 달과 해가 거의 반대편에서 뜨고

지는 시기이다. 어제저녁 석양의 반대편 동쪽 하늘에서 빼꼼히 얼굴을 내민 달이 밤새 하늘을 지키다가 아침이 밝아 오면 서쪽 하늘 끝으로 서서히 몸을 숨긴다.

퇴근길에 본 달을 다음 날 아침 출근길에 다시 볼 수도 있다. 바로 아침에 지는 달이다. 파란 하늘에 보이는 낮달은 밤에 뜬 달에 비해 더 희고 푸르다. 달 표면의 크레이터가 잘 보이고 방아 찧는 토끼를 사진으로 찍기에 어렵지 않아 더 반가운지도 모르겠다. 특히 이 계절 겨울나무는 잎을 떨군 가지 속에 숨긴 초록과 붉음을 행여 겨울바람에 들키지 않으려고 더욱더 검어지려 애쓰는 때다. 그 무채색 나무의 명암과 농담이 낮달과 어우러지니 나 또한 마음이 들뜨는 때다.

파란 가을 하늘을 가리고 있던 적갈색 참나무 잎이 낮달을 배경으로 휑글휑글 바람에 날린다. 결국 땅에 떨어져 썩고 말 텐데 어떻게든 안 떨어지려고 애쓰며 바람을 탄다. 그 잎새에 초점을 맞춘 채 따라가며 찍고 있다. 우리 모두 언젠가는 저 낙엽처럼 바람을 타고 하늘을 날 것이다. 어디에 떨어질지 모르는 마지막 비행, 바람이 다해 떨어진 그곳에서 다시 새 생명이 될 것이라 믿는다. 둥근 낮달을 향해 검은 새 한 마리가 날아간다.

나무의 배려는 수줍음에서 나온다

나무들이 서로 배려하며 자란다는 것을 실은 모르고 살았다. 들녘 논두렁 끝에 선 두 그루의 나무를 먼 곳에서 바라보니, 마치 커다란 한 그루의 나무처럼 보인다. 하지만 가까이 다가가면 분명 두 그루다. 서로 마주 선 방향으로는 가지가 듬성듬성 나 있고 그 반대편으로는 무성하고 길다. 둥근 나무 한 그루를 반으로 갈라놓은 모양새다. 이런 나무를 '부부 나무'라고 부르거나 '혼인수'라고도 한단다. 산 위 능선에 어깨를 겯고 선 나무는 또 어떤가. 마치 "네 쪽으로 부는 바람은 내가 막아 줄게. 네 쪽에서 눈보라가 치면 좀 막아 줘"라고 서로 의지하며 사는 듯하다. 나무는 어떻게 그런 생각을 했을까? 배려를 통해 상생을 택한 나무들의 생태적 동반을 보며 우리 사는 삶을 돌아본다.

이웃한 두 나무가 서로를 배려하며 닿지 않게 자라는 것을 수관기피樹冠忌避, crown shyness 현상이라 한다. 수관기피에 대해서는 산림 교육 전문가 자격증 시험 때문에 숲 공부를 하면서 알게 되었다. 나무의 가장 윗부분 혹은 꼭대기를 우듬지a treetop라 하고 그 우듬지 끝의 가지와 잎이 이루는 무더기를 수관樹冠, crown이라 한다. 보통 나무의 나이가 비슷하고 수종이 같은 나무가 가까운 거리에서 자랄 때 상대를 피하는 모습이 나타난다. 누가 시킨 것도 아닌데 나뭇가지가 서로 수줍어하듯shyness 겹치거나 닿지 않게 자라면서 나무와 나무 사이에 공간이 열리게 한다. 그 공간으로 내리쬐는 햇볕을 넉넉히 받게 되니 광합성이 원활해지고 동반 성장이 가능해진다는 이론이다.

나뭇잎의 광합성은 햇빛 에너지를 이용해 이산화탄소와 물로부터 산소와 탄수화물을 생산하는, 사람과 동물에게 산소와 유기 탄소 화합물을 제공하는 위대하고 근원적인 생명 반응이다. 나무 수액을 빨아 먹고 사는 곤충들과 나뭇잎을 뜯어 먹거나 나뭇가지를 벗겨 먹는 동물, 나무 열매를 먹고 사는 새와 다람쥐만이 나무에 기대어 사는 게 아니다. 사람 또한 나무와 공생하지 않고는 살 수가 없다. 자기 혼자 삐죽하게 우뚝 자라기

보다 이웃한 나무와 햇빛을 나눠 함께 잘 자라자는 교감, 이게 바로 상생이 아니고 무엇이겠는가. 사람 사는 사회에서 꼭 필요한 현상임에도 현대 사회에서는 보기 드문 현상이니 어쩌면 좋은가. 서로를 배려하며 생명 에너지를 함께 나누는 나무에게서 배우자.

사회에서 만나는 동료나 이웃 간에 정을 나누며 살기엔 우리 사회가 이미 돌이키기 힘들 정도로 각박해졌나 보다. 서로 경계하고 경쟁만 하면 길지 않은 인생길의 피로도가 너무 높을 것이란 말도 귀에 들리지 않는 사회가 되어 버린 걸까. 그럴 시간에 자기 계발에 힘써도 경쟁에서 밀릴 판인데 도대체 무슨 말이냐고 물으면 실은 할 말이 없다. 하지만 나는 나이고 너는 너일 뿐인 세상은 고립감을 키우고 스스로 스트레스형 인간으로 바꾸는 지름길이니 그 길로는 가지 말자고 권하고 싶다.

혼자 하는 말과 상대가 있는 말은 다르다. 혼자 먹는 밥과 여럿이 함께 먹는 밥도 다르다. 혼자 웃으면 그 웃음이 입가에서 머물고 말아 쓴웃음이 되고 만다. 웃음소리가 창밖으로 새어 나올 만큼 함께 웃는 웃음이라야 웃다가 지쳐 배꼽을 잡을 수

있고 나뒹굴 수도 있지 않겠는가. 외롭다고 느껴지거나 우울하다고 느껴질 때, 세상 사는 게 힘들다고 느껴질 때 주변을 둘러보자. 이웃과 친구를 찾아보자. 수줍어하면서도 분명 곁을 내줄 것이다.

예로부터 몸이 힘들거나 정신이 산만하면 산속으로 들어가 요양하는 사람이 많았다. 이는 자연과 식물이 우리에게 주는 무한한 치유력을 온몸으로 받아 내는 자연살이로 전형적인 요산요수樂山樂水의 삶이라 할 수 있다. 숲속의 맑은 공기를 마시며 계곡물 소리, 바람 소리, 새소리 등을 들으며 오솔길을 걷는다. 나뭇잎 사이로 내리는 햇빛을 느끼고 식물의 향기를 맡으며 느린 발걸음을 옮긴다. 이는 분명 심신을 이완시켜 줄 것이고 인체의 면역력을 높이고 정신적 스트레스를 줄여 줄 것이다.

이렇게 긍정적인 치유 효과를 얻을 수 있는 숲에 가면 할 일이 참 많다. 다양한 풀과 나무를 만날 수 있고 야생 동물을 비롯한 수많은 자연 생태를 만날 수 있다. 제철에 피는 야생화도 많고 이름을 알 수 없는 나무도 다양하다. 그 숲길에서 정상을 향해 앞만 보고 빠르게 걷지 말고 이따금 걸음을 늦추고 고개를 들어 하늘 한번 바라보기를 하자. 하늘을 가린 나뭇가지들이 자기만 살겠다고 경쟁하듯 가지를 뻗었는지 아니면 곁에 있는 나무와 소통하며 '너도 햇빛을 받아야 살 수 있으니 나는 네 쪽으로는 가지를 뻗지 않을게' 하며 수줍어하듯 서로 닿지 않게 가지를 뻗고 잎을 틔우는지 살펴보는 여유를 가져 보자. 나무들이 서로 이야기를 나누는 소리를 들어 보자. '수관의 수줍음'이 보이면 바로 그때 배려라는 단어가 떠오르지 않겠는가.

들판에 홀로 선 외딴 나무는 비바람이 불거나 눈보라가 쳐도 막아 주거나 위로해 줄 친구가 없다. 살면서 바람 없고 눈보라

없는 날은 없다. 뿌리가 아무리 강하다 한들 혼자는 견뎌 내기 쉽지 않은 게 세상살이다. 그래서 나와 너로 나누기보다 '우리'가 되어 보자는 것이다. 내가 너보다 나아야 하고 우리가 너희보다 잘 살아야 한다는 우월 경쟁을 내려놓으면 된다. 너와 내가 함께 잘 사는 방법은 작은 실천에서 비롯된다. 나무가 수관기피 현상으로 보여 주듯 사람도 곁을 함께하는 사람에게 양보하고 나눌 줄 안다면 바로 그게 배려다. 배려는 함께 잘 사는 공존을 낳는다.

황금 들판을 가로지르는 꽃상여

몇 차례 청산도를 여행하고 둘러본 기억 중에 잊히지 않는 풍경이 있다. 읍리 마을 입구 다랑논 끝에 선 커다란 느티나무다. 여름내 쏟아진 햇빛이 고여 농도 짙어진 논, 초록이 바래 노랗게 익어 갈까. 고개 숙인 벼가 살랑살랑 춤을 춘다. 하늘의 구름 몇 점은 느티나무에 내려앉으려는 듯 바람을 타고 느리게 유영한다. 마을 어귀에 수령 300여 년은 됐음 직한 우람한 자태의 느티나무가 서 있다. 그 자리에 서서 읍리 마을의 수호신이 되어 주고 있는 당산나무이리라. 물끄러미 바라보던 내 눈에 느티나무 뒤로 줄지어 선 마을 사람들이 보이기 시작했다. 마을을 나서는 꽃상여 행렬이었다.

앞장선 붉은 만장이 느티나무를 지나 농로로 나선다. 굴건

제복을 입고 영정 사진을 든 상주 뒤를 따르는 선소리꾼의 상엿소리가 황금 들에 퍼진다. 농로를 따라 큰길로 나온 상여를 기다리는 건 감색 포터 트럭. 장지까지 가는 길이 멀어 평생 농사일하러 다닐 때 타고 다니던 트럭을 타고 가야 하는 망자. 꽃상여가 짐칸에 실리자 상주와 만장도 따라 오른다. 트럭이 청산도에서 평생을 살았을 어떤 이를 태우고 바람처럼 사라진 자리에 나뒹구는 몇 송이 흰 국화가 숙연하다.

기회가 닿을 때마다 전통 장례를 기록해 온 내게 그 풍경은 우연이라 하기엔 너무나 가슴 벅찬 순간이었다. 일부러 휴가를

내서 찾아다니면서까지 기록 작업을 하던 터였으니 청산도 여행 중에 우연히 만난 꽃상여는 그냥 지나칠 수 없는 귀한 현장이었다. 어느 때부턴가 우리 생활 주변에 현대식 장례식장이 늘어나더니 이제 어지간한 시군까지 장례식장 없는 곳이 없다. 그런 까닭에 집에서 전통 의식에 따라 치르는 장례를 보기는 하늘의 별 따기가 되었다.

1988년 1월 초, 영남 유림儒林의 마지막 유학자로 알려진 추연 권용현 선생의 장례가 유가의 전통 의식에 따라 유월장踰月葬인 23일장으로 치러진다는 소식을 접했다. 1월 29일과 30일 경남 합천군 초계면 유하리 자택으로 찾아가 1박 2일 동안 촬영했고, 1999년 2월 7일에는 경상북도 청도군 이서면에서 치러진 권용현 선생의 제자 박효수 선생의 유월장을 촬영했다. 유월장이란 임종한 달의 음력 그믐을 넘겨 그다음 달에 장사葬事를 치르는 전통 장례다. 유림에서 지내는 유월장뿐 아니라 일반인들의 '꽃상여'도 맥이 끊긴 것 같아 안타까워하던 차에 청산도 읍리 느티나무를 돌아 나오는 꽃상여 행렬이 내 발걸음을 불러 세운 것이다.

붉은 만장 빛이 상주의 굴건제복에 닿아 슬픔보다 더 진하다. 해 질 녘 근조 화환 속 흰 국화도 애도의 빛을 띠며 붉어진다. 먼 하늘을 바라보는 상주의 아련한 눈빛을 받아 위로로 돌려주던 느티나무 가지의 미세한 흔들림, 푸드덕 날아오른 산새 몇 마리가 그날따라 더 검었다.

트럭을 탄 꽃상여가 아스팔트 위를 내달린다. 뭐 그리 급하게 갈 길이라고 저리 달리나 싶은 마음에 카메라 렌즈 속에서 사라질 때까지 눈을 떼지 못하고 셔터를 눌렀다. 돌아가신 분의 명복을 빌었다. 마지막 가시는 길에 인연도 없던 나를 만나고 떠나 주셔서 고맙다는 인사와 함께…. 느티나무가 이어 준 사람과 사람 사이였다.

3장

철망도, 절망도 모두 품는다

함께 잘 살자고 당산나무에게 빌었다

전국 방방곡곡 마을 어귀엔 크고 오래된 당산나무가 있다. 출장길이거나 여행 중에 어느 마을을 지나다가 당산나무를 만나면 일부러라도 잠시 멈춰 둘러보게 된다. 마을의 유래가 오래되었거나 숲이 우거진 마을인 경우이기 때문이다. 대부분은 당산나무 아래 서낭당이 있기 마련이지만 더러는 설화가 깃든 바위나 마을을 지키는 장승이 서 있는 곳도 있다. 새끼를 꼬아 쳐 놓은 금줄에 소망을 써서 꽂아 놓은 한지가 바람에 인다. 마을의 안녕과 발전을 기원하는 발원문일 것이다.

그 마을 사람만이 아니라 길을 가던 이방인들이 나무에 인사하며 올려놓은 돌이 쌓여 있다. 세월도 함께 쌓여 이끼 품은 돌탑이 되었다. 서양 종교가 들어오기 전까지는 아마도 당산나무

와 서낭당이 우리의 소원과 기도를 가장 많이 들어주었을 것 같다. 그래서 당산나무는 무속이 아니고 우리 땅의 숨결이다. 선함이요, 솔직함이다.

물론 지금은 많이 사라졌다지만 아직도 해마다 성황제를 지내는 마을이 전국에 상당히 많다. 내가 사는 마을에서도 매년 음력 10월 1일에 삼불 제석과 함께 단군과 산신 등의 무신도가 모셔진 서낭당에서 성황제를 지내고 있다. 마을 주민들은 물론 지역 국회 의원과 구청장 등이 참석해 마을의 안녕과 풍요를 기원하는 제를 올린다.

성황제가 끝나고 부녀회에서 마련한 음식을 나누는 맛도 좋지만 그런 자리에서 두런두런 마을의 대소사를 의논하기도 한다. 민원이라고 하면 낯 뜨거운 단어로 들리겠지만 만나기 어려운 구청장이나 국회 의원들을 만난 자리에서 다양한 생활 행정 아이디어를 내고 묻고 의논할 수도 있으니 뜻 깊은 행사라 여긴다. 이렇게 마을 사람들이 한자리에 모이는 일, 그리고 함께 마음을 모아 마을의 안녕을 기원하는 일, 그것이 곧 화합이고 평화를 이루는 일 아닐까.

경기도 양평 단월면 소재지에 보산정이란 문화재가 있다. 고려 우왕 1년(1375년)에 창건한 정자 주변으로 수령 600년을 넘긴 커다란 느티나무들이 숲을 이루고 있다. 그 느티나무 아래 넓고 큰 돌이 놓여 있는데 보기에 따라서는 제단 같기도 하고 다른 한편으로 보면 나무 그늘에 앉아 편히 쉬어 갈 수 있는 평상처럼 보이기도 한다. 그곳을 지나던 사람 누구든 선선한 바람을 베고 누웠다 간들 뭐라 하지 않을 것 같은 품이다.

그곳에 종이컵에 따라 올려놓은 막걸리 한 잔과 과자 하나, 사탕 한 개. 누군지 알 수 없지만 이것을 올려놓고 두 손 모아 허리 숙여 기도하고 갔을 사람은 필경 그 마을의 어떤 할머니가 아니셨을까? 짐작하며 그 모습을 머릿속으로 그려 보게 된다. 자신이 태어나기 전부터 이곳에 서서 마을의 수호신이 되어 주었을 나무의 정령을 찾아온 그이에게 무속은 무엇이고 역술은 또 무슨 상관이 있을까. 그저 땅과 나무와 하늘을 향해 가족의 안녕을 기원하는 마음이었을 것이다.

하늘을 받치고 선 당산나무를 바라보며 전우익 선생이 쓴 산문집의 제목《혼자만 잘 살믄 무슨 재민겨》가 생각났다. 혼자만 잘 살지 말고 우리 같이 잘 살자는 이 말은 지금 우리가 사는

세상에 정말 절실하지 않은가? 전우익 선생은 자신을 낮추기를 무명씨를 뜻하는 '언눔'이라 했고 '아무렇게나 굴러다니는 일꾼'을 뜻하는 '피정皮丁'이라 했던 농부이자 재야 사상가였다. 자연에 순응하는 삶에 대한 진솔한 글을 앞에 두니 오직 자신의 영달과 재물 키우기만을 위해 역술에 도취한 것으로 여겨지는 어떤 이가 생각난다. 그런데 더 큰 문제는 그 잘못 앞에 나서서 말하지 못하고 굴신과 복종으로 그를 부러워하고 추종하는 세상이 만들어지고 있으니 이 혼란과 삼류로의 퇴락을 어찌 감당

해야 하느냐는 것이다.

다시 돌아가자. 마을 앞 서낭당을 지키는 한 그루의 나무가 되자. 나 혼자 잘 사는 게 아니라 마을이 함께 잘 살기를 바라는 버팀목. 묵묵히 할 일을 하며 자신을 낮추는 '언눔'이 되자. 과도한 욕심을 내려놓고 남을 배려하는 마음을 실천하자. 그것이 거짓과 폭력으로 내 배를 불리거나 일확천금을 기대하는 것보다 '소원 성취'를 이루는 훨씬 빠른 길이다. 다 함께 잘 사는 세상을 위해.

가까이에서 친구 나무를 찾는 법

숲으로 가자. 숲길을 천천히 걸으며 깊은숨을 쉬어 보자. 숲의 다양한 풀, 꽃, 나무가 내뿜는 향기 섞인 공기는 몸을 맑고 향기롭게 깨워 준다. 입으로 쉬는 숨보다 코로 쉬는 숨이 우리 몸속을 더 깊게 구석구석 여행하며 차분히 생각할 시간으로 인도한다. 느끼려고 하지 않아도 숲과 나무는 이미 곁에 가까이 와 있다. 조금 여유를 갖고 발걸음 끝에 만나는 나무들과 이야기를 나눠 보자. 네 이름은 무엇이냐고 물어보는 것도 재미를 더한다. 느리게 살피다 보면 나무마다 껍질(수피)에 새겨진 문양과 모양새, 그리고 나뭇잎의 생김새가 서로 다르다는 게 눈에 들어온다. 모두 제각각인 생김새에는 자연에 순응하며 살아온 이력이 각인되어 있다.

바람에 휘어진 나무는 껍질에도 그 바람이 새겨져 있고, 다친 상처를 스스로 치유하며 그려 놓은 강인함도 그대로 남아 있다. 자신의 품에 든 곤충과 이끼 등을 물리치지 않고 보듬어 함께 사는 나무, 줄기를 휘감고 오른 덩굴이 굵어져 액세서리로 치장한 듯 보이기도 하는 나무, 그 다양하고 신비한 모습은 흥미로움을 넘어 숙연하게 느껴질 때가 있다. 우리 곁의 수많은 사람 또한 그러하듯….

모처럼 나선 숲길에서 만난 어떤 나무를 자신의 나무로 정해 보면 어떨까. 자주 찾는 곳이면 더 좋겠다. 마음에 드는 나무에 자신의 이름을 붙여 주거나 그게 조금 쑥스러우면 그냥 친구로 삼는 것 말이다. 오랜만에 한 번씩 가더라도 그 나무를 찾아가 인사를 나누는 재미가 참 싱그럽다. 지난여름 비바람에 다친 곳은 없는지, 멧돼지나 고라니 등 야생 동물이 영역 표시를 해 놓지는 않았는지 살펴보게 되지 않겠는가. 무심코 지나치던 곳을 친구 나무 덕분에 조금 더 자주 찾게 된다면, 자신의 나무를 만나고 싶어진다면, 이미 반려목과 한몸이 된 자신을 느낄 수 있을 테니 좋은 일이다.

그렇다면 현재 우리나라에 자생하고 있는 나무는 몇 종류나 될까? 약 620종의 고유종이 살고 있고 변종은 약 360종이란다. 기회가 된다면 그 나무들의 껍질 문양과 나뭇잎을 100여 종이라도 사진으로 기록해 볼 생각을 한 적이 있다. 하지만 학문적으로 나무를 연구하는 학자가 아닌 나는 생각만 그렇게 할 뿐 실제로는 50여 종의 나무도 제대로 만나 보지 못한 것이 사실이다.

국제 학술지 《미국국립과학원회보PNAS》는 2022년 1월 31일자 논문에서 "전 세계 100여 명의 과학자가 수집한 방대한 삼림 데이터베이스를 토대로 연구한 결과, 지구상에 존재하는 수목 종류는 7만 3000여 종에 이르는 것으로 분석됐으며 이 가운데 9200종은 아직 미발견된 것으로 추정된다"고 했다. 그 7만 3000여 종 중 우리나라에는 겨우 620여 종이라니, 전 국토의 63퍼센트가 산림 지역인 것에 비하면 수종은 그리 다양하지 않아 조금 아쉽기도 하다.

사람도 같은 사람이 없듯이 자연에도 같은 길은 하나도 없다. 하물며 같은 종의 나무라도 나무껍질과 잎이 서로 다르며 꽃과 열매도 자세히 살펴보면 비슷하긴 해도 같지 않다. 그래

서 '자세히 보기'와 '천천히 살피기'를 하면 숲이 더 재미있고 유익하게 다가온다. 시간 가는 줄 모르고 지낼 곳이 된다. 관심을 두고 관찰하는 것은 포레스토피아forestopia의 첫걸음이다. 그냥 지나치는 숲이 아니라 다가가는 숲이 되기 위해서는, 오르기만 하는 등산이 아니라 여유를 갖고 천천히 걸으며 숲을 자신의 가슴에 품어야 한다. 그중 첫 번째가 '숲과 나무를 그 자체로 존중하는 것'이라고 숲 공부를 하며 배웠다.

나무껍질을 자세히 살피며 사진 찍기를 즐기다 보니, 어떤

화가가 그린들 이렇게 멋지고 다양한 구성과 색채를 창작해 낼 수 있을까 싶을 때가 한두 번이 아니다. 소나무, 은행나무, 느티나무, 참나무, 버즘나무, 벚나무, 감나무, 밤나무, 배롱나무, 쪽동백나무, 오리나무 등등 굳이 먼 산에 찾아가지 않아도, 아파트 단지 내 숲이나 가로수처럼 우리 곁에서 쉽고 편하게 살펴볼 수 있는 나무는 어디든 있다.

앞에서 이야기한 것처럼 집 가까이에 친구 나무를 정하는 것은 어떤가. 아침 출근길에 살펴보고 저녁 귀가 시간에 또 살펴보는 방법도 좋다. 느리지만 변화가 있음을 느끼고 그 변화를 눈으로 확인할 때마다 친구에게 격려의 말을 할 수 있다면…. 그동안 관심 밖에 두었던 나무 한 그루가 분명 당신에게 위안이 되어 줄 것이다. 특히 가로수로 많이 심겨 있는 버즘나무(플라타너스)의 나무껍질은 변화가 많다. 스스로 마르고 터져 떨어지는 껍질의 습성이 매일 다른 그림을 그려 내니 살피는 재미도 있을 뿐 아니라 나눌 이야기도 많은 나무다.

봄은 생동감이 최고라면 여름은 왕성함이고 가을은 풍성함이다. 그리고 겨울은 고요함. 그렇다면 나무에게 사계절은 어

찌 올까? 봄은 꽃으로 오고 여름은 잎으로 온다. 그리고 가을은 열매로 오고 겨울은 나무껍질(수피)로 온다는 말이 있다. 매일 만나는 나무를 살피며 서로 함께 삶의 기쁨이나 어려움을 나눌 수 있다면 그 나무는 이미 반려목이고 친구 이상의 치유목이 된 것이다.

나무가 고통을 느낀다고 생각하며 대하는 이의 행동과 그렇지 않다고 생각하는 이의 행동은 다르다. 그 어떤 커다란 소망을 새기더라도 나무에 낙서하거나 글씨를 새기지 말자. 나무도 아파한다. 상처를 입은 나무의 고통은 말로 표현하지 못할 뿐 우리 팔이 칼에 베여 상처가 났을 때와 같은 고통이 있다고 생각해야 한다. 사람처럼 병원을 찾아가 꿰맬 수도 없으니 혼자 상처를 낫게 하려고 얼마나 힘든 시간을 보내겠는가. 그 상처를 찾아온 곤충이나 미생물, 그리고 박테리아가 자리를 잡아 나무가 더 큰 병에 걸리면 결국 죽게 되는 것이다.

어떤 나무에 소망을 빌거나 중요한 약속을 징표로 남겼다면 당연히 그 나무가 오래도록 건강히 잘 자라야 그 소망도 잘 자라지 않겠는가. 나무의 수명은 사람보다 길다. 바위에 새긴 어떤 이름이 후대에 남아 자랑스러운 이름이 될지 부끄러운 이름이 될지 모르는 일이다. 생각 없이 나무에 새긴 어떤 이름이 두고두고 오가는 이들에게 원성을 산다면 그 이름을 새긴 이는 평생 부끄러움을 안고 살게 될 테니 하는 말이다.

동네 산책로에 내가 친구로 삼은 나무가 비 그친 바람에 일렁인다. 맑고 강렬한 햇살이 나뭇잎 사이로 눈부시게 내린다. 나무껍질에 납작 붙은 여름 끝 매미가 맴 매앰 맴맴 매앰 청혼의 노래를 부른다. 매미야, 어서 짝을 만나렴. 인사하고 돌아선다.

고향이 그리워서 나무를 본다

나무를 좋아해서 나무 사진을 찍은 지 꽤 오래되었다. 특히 어떤 나무를 좋아하느냐고 물으면 딱히 할 말 없는 나무 사랑이라 좀 쑥스러울 때도 있다. 하지만 속리산 정이품송이나 용문산 은행나무처럼 유명하거나 전설이 깃들고 사연이 있지 않아도 좋다. 많은 관광객이 일부러 찾아가 그 나무를 배경으로 기념사진을 찍고야 마는 제주 새별오름 앞 홀로 선 나무가 아니어도 좋다. 그냥 이름 없고 사연이 없어도 시골길 어느 모퉁이에서 있다가 나를 불러 주는 나무, 야산 나대지에서 비바람에 힘겨워하는 나무, 추수 끝난 밭두렁 끝에서 혹한의 눈보라를 온몸으로 견뎌 내는 나무가 자꾸 눈에 들어온다. 강원도 오지 산골 도롯가에 서서 늘 나를 불러 주던 인연으로 십수 년을 찾아

가 수십 차례 사진 찍었던 나무가 어느 날 잘려 사라진 아픔도 나눠 봤다. 나무를 왜 찍느냐? 나무의 어떤 풍경을 찍느냐? 스스로 자문해 보면 아마도 어린 시절의 고향 풍경을 잊지 못함에서 비롯되는 것 아닌가 싶다.

고향을 떠나 서울로 이주한 지 어느덧 50여 년이 훌쩍 지났다. 이제는 그곳도 도시화되어 길은 다 포장되고 발가벗고 뛰어들어 멱을 감던 개울 위로 놓인 고속화 도로엔 차량 행렬이 꼬리를 문다. 미루나무가 섰던 마을 안 길가로는 상가가 들어서 추억의 풍경은 흔적도 찾을 수 없다. 하물며 옛 본적지 주소를 들고 찾아가도 내가 살던 집을 찾을 수 없을 만큼 변했다. 하지만 나의 고향 미루나무에 대한 그리움은 60대 중반으로 치닫는 나이에도 사라지지 않아 전국 어디를 가든 미루나무가 있는 풍경을 만나면 일단 발걸음을 멈추게 된다.

그나마 다행스러운 것은 십수 년 전부터 서울 한강 변 곳곳에 미루나무가 심어져 이제는 어엿한 숲을 이룬 것이다. 그중 선유도공원을 비롯해 이촌 지구와 광나루 지구 등의 미루나무는 금세 키가 자라 어느덧 나뭇가지 끝에 파란 하늘을 이고 서 있다. 마치 중요 행사에 나온 의장대처럼 한 줄로 늘어선 나무 사이를 걷다 보면 마치 내가 귀빈이라도 된 듯 하늘을 향해 몸이 날아오르는 기분이 느껴지기도 한다. 바람이 불면 나무 끝에 걸린 뭉게구름과 함께 휘휘 노래 부르며 해 질 무렵 공원에 나온 시민들을 정겹게 맞이하는 풍경이 고맙다.

'포플러'라는 학명을 갖고 있지만 미루나무와 양버들은 다른 나무다. 이 두 종의 나무는 모양이 비슷해 분류가 쉽지 않다. 일직선으로 곧게 자라 빗자루를 거꾸로 세워 놓은 듯 위로 길쭉하게 자란 모양의 나무가 양버들이고, 모양은 비슷해도 가지 일부가 옆으로 퍼져 자라는 나무가 미루나무다. 미루나무의 잎은 폭보다 길이가 길고 양버들의 잎은 길이보다 폭이 넓다.

전기가 들어오지 않던 시절은 전보를 주고받기 위해 세워진 전봇대만 구경할 수 있었다. 그 전봇대처럼 길가에 늘어선 가늘고 긴 나무가 그려 주던 회화적이고 감성적인 풍경, 어쩌면 내 기억 속의 미루나무도 실제는 양버들이었을지도 모른다. 우리나라에는 일제 강점기 때 길가 가로수나 학교와 마을 공터의 미관용 수목으로 많이 심었으며 1960년대 녹화 사업 때도 많이

심었단다.

요즘의 가로수는 주로 플라타너스(버즘나무)나 은행나무가 많고 새롭게 메타세쿼이아나 소나무까지 심고 있지만, 한국 전쟁 후 전 국토가 전쟁 후유증으로 벌거숭이였던 시절에 키 크고 빨리 자라며 용도 다양한 미루나무를 전국 방방곡곡에 심지 않았을까 생각된다. 그리고 그 풍경을 보고 자란 전후 세대에겐 미루나무가 점점 사라져 가는 게 자신의 추억도 함께 사라져 가는 듯해 그 애틋함이 그리움으로 표출되는 것 같다. 그들도 나와 같지 않을까? 그저 향수와 추억의 이미지로 기억된 고향의 미루나무가 설사 양버들이었다 해도, 여전히 내 핏속에서는 조각구름을 인 미루나무의 기억으로 흐르고 있는 것처럼.

요즘 들어 한동안 사라졌던 포플러 수종의 나무를 볼 수 있는 곳이 많이 생긴 것은 반가운 일이다. 아마도 자치 단체나 행정 단체에서도 다양한 시민 의견에 귀를 기울여 행정을 편 결과 같아 다행스럽기까지 하다. 서울 마포와 여의도를 잇는 서강대교 남단 둔치 한강 선착장 앞에 가면 의미 있는 양버들 세 그루를 만날 수 있다. 열대림 보호와 아마존 훼손 실태를 한국에 알

리기 위해 아마존에서 온 '니 나와 후니쿠이' 의장(브라질 아크레주 후니쿠이족)과 '에더 파야구아제' 의장(에콰도르 전국 세꼬야족) 및 서울환경연합이 함께 2013년 9월에 심은 것이라는 안내문이 있다. 그 묘목이 10년을 자라 성목이 되어 의젓하게 인사를 한다.

그런데 한강 둔치나 충북 증평의 보강천 미루나무 숲 등 인공 조림한 미루나무보다는 역시 전국 각지를 돌아다니다가 만나는 시골 미루나무가 훨씬 정겹다. 2005년에 경기 양평, 2007년 7월에 경기 하남, 2009년 7월에 경북 안동, 2013년 6월에 충남 당진, 2014년 4월에 경북 칠곡, 2017년 4월에 경기 과천에서 만나거나 일부러 찾아가 찍은 미루나무들을 들여다본다. 어린 시절 고향의 풍경을 닮은 미루나무는 만나기 어렵게 되었지만 그래도 향수가 느껴지니 내겐 치유 나무가 된다. 그 곁으로 다가가 고개를 들어 나무 끝을 바라본다. 바람결에 하늘을 쓸듯 빗자루 춤을 추는 나뭇잎들이 햇빛을 받아 반짝인다. 작은 바람에 팔랑거리며 수다를 떠는 잎새들의 안부가 궁금해 검은 새 한 마리가 날아든다. 뒤뚱거리며 자리를 잡고는 나뭇잎에 질세라 더 큰 소리로 노래를 부른다.

"미루나무 꼭대기에 조각구름 걸려 있네, 솔바람이 몰고 와서 살짝 걸쳐 놓고 갔어요. 뭉게구름 흰 구름은 마음씨가 좋은가 봐, 솔바람이 부는 대로 어디든지 흘러간대요." 한참 동안 미루나무에 두었던 시선을 떼어 다시 나를 돌아본다. 맞다. 내가 미루나무를 좋아하는 것은 아마도 미루나무로 그려진 어린 시절 고향의 추억과 그리움이 소환되기 때문인가 보다.

온몸으로
철망을
품은 나무

가로막은 철망을 나무가 온몸으로 품었다. 바람결에 제 살을 찢고 거기서 다시 살을 만들어 한몸이 되었다. 이 모습을 보고 있자니 '막는다고 내가 갇혀서 자랄 줄 알았더냐'라고 온몸으로 표현하는 나무의 소리 없는 말이 천둥처럼 들려온다. 이렇게 고통을 이겨 내며 해에게 더 가까이 가려는 나무의 분투를 바라보며 내 일상의 어정쩡한 하루를 반성해 본다.

2020년 4월 10일 오전, 경기도 안양시 동안구 관양동 청동기 유적지(관양동 동편마을 안쪽에 있는 청동기 유적지는 구석기 시대의 터부터 조선 시대 자기류까지 여러 시기의 유물이 출토된 곳인데 청동기 시대의 집터가 대표 유적이다. 이곳에서 출토된 유물 대부분은

안전한 보존을 위해 안양박물관으로 옮겨 전시 중이고 기둥과 화덕 자리 등의 형태를 복원해 놓았다)를 찾아 나섰던 길에 지하철 4호선 인덕원역 인근에서 만난 풍경이다. 얼핏 눈에 들어온 이 모습을 그냥 지나칠 수가 없어서 가던 길을 돌려 가까이 다가가 보았다. '아!' 주변의 길 가던 사람들이 들을까 봐 소리를 내어 놀라지는 않았지만, 순간 마주한 감동이란 감히 말로 할 수 없을 만큼 대단했고 오싹하는 전율이 느껴졌다.

철망을 품은 나무는 한 그루가 아니었다. 나무들은 줄지어 선 채 인도와 분리하기 위해 인위적으로 막아 세운 철망에 가려졌다는 게 맞는 표현이리라. 무슨 나무일까 알아볼 생각도 못한 채 사진 찍기에 바빴던 기억이다. 어떤 생각이 들어 이 사진을 찍었을까? 그리고 어떻게 찍으면 내가 이 나무를 보고 느꼈던 감정과 생각이 오롯이 사진에 담길까? 인공적으로 만들려고 해도 만들 수 없는 현상과 조형, 나무가 고통을 이겨 내며 날카로운 철망에 찢기고 다시 아물기를 반복한 것은 몇 년이나 되었을까? 이런 생각이 나를 그곳에 멈추게 했고 카메라를 들어 사진을 찍게 한 것 같다. 바람이 불 때마다 스치고 갈라지며 흘렸을 수액(사람으로 치면 피가 아닐까 생각했는데 조금 과장될까?)이 상처 난 나무껍질 부위를 아물게 하는 치료제 역할을 해낸 것은 아닐까 생각했다. 고통을 이겨 내며 나무껍질로 철망을 품어 제 살처럼 만든 나무의 시간과 그 장한 모습을 사진으로 남기고 싶었다.

얼마나 오랫동안 나무껍질이 비바람에 찢기고 아물기를 반복했을까? 고통을 겸허히 받아들이고 인고의 세월을 보내며 철망을 자신의 몸 안에 품은 채 살아가는 나무들을 보았을 때 겸허해지고 숙연해졌던 기억을 잊을 수 없다. 굳이 중언부언하지 않아도 사진이 말을 하고 있다고 느껴지기를 희망했다. 나중에

인덕원의 나무 이름을 찾아보니 단풍나뭇과의 '신나무'였다. 물론 그 녀석 말고 다른 나무들도 만나기는 했지만, 대체로 단풍나뭇과 나무들의 수액에는 당분이 많아 나무껍질에 난 상처를 쉬 아물게 한다. 그래서 이와 같은 치유 현상을 남기는 것 같았다.

어떤 나무와 인연을 맺으면 대충 사진만 한번 찍고 헤어지지는 않는다. 인연의 끈을 쉽게 놓지 못하고 그 뒤로도 몇 차례 더 찾아가 본다. 나무와 친구가 되고 싶은 마음이 그렇게 이끄는 것 같다. 인덕원역 인근 철망을 품었던 신나무는 안타깝게도 2023년 7월 현재 베어졌다. 그 어려운 환경을 이겨 내고 극복하며 자랐으나 결국 사람의 손에 의해 잘려 생을 마감했다. 아마도 넘어오지 말라고 철망으로 가로막았는데, 그 철망을 온몸으로 품고 자란 것이 사람의 잣대에 의해 죄로 판결받은 모양이다.

사람이 곁에 둔 나무 중에 천수를 다하는 나무는 없다는 말이 생각났다. 주변을 살펴보면 잘려 쓰러지는 나무 외에도 다양한 이유로 나무들이 죽어 간다. 나무도 죽지 않으려고 애를 썼겠지만 아마도 자신의 힘만으로는 극복할 수 없었기에 결국 생을 마감하게 되는 것 아니겠는가. 그중 대표적인 사례가 가로수의 숨통을 조이는 나일론 끈이다. 우후죽순처럼 내걸리는 각종 펼침막이 공해가 된 지 오래다. 하지만 아직도 개선책은 나오지 않고 있다. 가로수에 펼침막을 내걸 때 주로 나일론 끈을 사용한다. 이 나일론 끈을 나무에 꽁꽁 묶은 뒤 철거할 때는 커터 칼로 끊어 내는데 뒤처리를 제대로 하지 않는 경우가 많다. 그렇게 나무에 꽉 묶인 채로 남은 나일론 끈은 나무의 껍질과 수관을 점점 조인다. 결국 그 나무는 죽어 간다.

또한 전국에서 재개발되는 아파트 단지 내 40~50년 정도 자란 멋진 나무들이 공사 시행과 동시에 마구잡이로 스러져 간다. 우수 조경상을 받았다던 어느 아파트 단지의 아름드리나무도 재개발로 철거 작업이 시작되자 나무 고아원에 가지도 못하고 토사구팽 당하듯 스러져 갔다. 옮기는 비용이 꽤 많이 들어서 어쩔 수 없단다. 나무는 사람을 살리는 생명체인데 사람은 나무를 너무 이해타산적으로만 대하는 것 같아 안타깝다. 나무도 사람과 마찬가지로 관직을 하사받거나 천연기념물 혹은 보호수로 지정되지 않고는 천명을 다하지 못하는 목숨인가 보다. 그냥 조금 쓸쓸하다.

숲길에서 삶의 길을 만나다

2022년 여름, 밤늦은 시각 공원을 산책하다가 땅속에서 나온 매미 유충이 나무에 올라 우화(탈피)하는 과정을 2시간 넘게 지켜본 적이 있다. 진흙을 뒤집어쓴 풍뎅이만 한 곤충 한 마리가 땅을 뚫고 나와 이리저리 기어다니더니 나무를 타고 오른다. 오르다 지쳤나 싶더니 또 오르기를 30여 분, 적당한 높이에 붙어 한참을 움직이지 않는다. 어느 순간 등이 터지기 시작한다. 우화 과정에 따라 그 생김새가 마치 요정인가 싶더니 제트기 같기도 하고 또한 체조 선수 같아 보이기도 했다. 옥색 영롱한 날개를 다 펴기까지 2시간 가까이 걸리는 우화. 얼마나 힘들면 중간에 두세 차례 탈피를 멈추고 한참 동안 매달려 있기를 반복할까.

마침내 긴 날개가 다 펴지고 우리가 익히 알고 있는 매미의 형태를 갖추었다. 하지만 매미는 또 움직이지 않는다. 갖은 힘을 다 써 탈피를 마치니 기진맥진한 상태 같다. 무사히 산고와 같은 어려움을 이겨 낸 모습이 형언하기 어려울 정도로 장하고 아름답다. 하지만 끝이 아니다. 해가 뜨기 전에 날개를 말리고 힘 있게 펴서 날 준비를 마쳐야 한다. 그렇지 않으면 짝짓기를 해 보지도 못한 채 새들의 아침밥이 되고 말기 때문이다.

아름답고 처절한 매미의 우화 과정을 본 감동을 잊지 못해 몇 차례 더 숲에 들어가 그 과정을 찍었다. 땀이 흘러도 꼼짝 못하고 자리를 지키느라 나의 팔다리를 모기들의 야간 회식 성찬으로 바쳐 가면서….

입추와 처서가 지났으나 숲에서 우는 매미 소리가 한여름보다 더 진한 오후다. 온 숲의 매미가 한꺼번에 들고일어난 것 같은 울음바다. 기후 변화로 유난히 폭우가 잦고 데일 듯 높아진 불볕더위에 적응이 어려웠을까? 아직 짝짓기를 못 한 수컷 매미들이 나무에 붙어 늦장가라도 꼭 가야겠다는 듯 목청 다해 부르는 처절한 노랫소리다. 이날을 위해 7년여를 땅속에서 지낸 뒤 바깥세상으로 나온 매미들에게 '마지막 발악'이라고 표현하는 것은 너무 가혹하다. 매미들도 짝짓기할 날이 며칠 남지 않았음을 직감한 탓일 테니. 짝짓기를 하고 나면 바로 죽음을 맞이하는 것을 알면서도 암컷을 만나기 위해 부르는 노래. 암컷 또한 나무껍질 속에 알을 낳고 나면 생을 마감한다.

이 숭고한 여정을 마친 매미들은 새들의 먹이가 되거나 커다란 나무 밑에 떨어져 찌륵거리며 힘없이 뱅뱅 돈다. 세상 여행을 마치는 장엄한 이별식 순간이다. 검은 아스팔트 위에서 뱅뱅 도는 매미 한 마리를 손으로 주워 숲에 옮겨 주었다. 가을을 데리고 오느라 애쓰고 떠나는 매미를 마침 떨어진 오동잎에 싸

서 보내 주었다.

자연의 신비가 어디 이뿐이겠는가. 나무와 풀과 곤충과 새 그리고 흙과 바위와 계곡을 흐르는 물까지 살펴보면 볼수록 자연은 신비하고 다양하게 우리와 연계되어 있다. 모든 자연은 어쩌면 인간에게는 생명의 샘이고 휴식이고 위안일 것이다. 그냥 지나치면 아무것도 볼 수 없고 다가가 살펴보면 그 안에 삶의 길이 있고 희망이 있다. 한가한 소리 하지 말라고, 먹고살기도 바쁜데 그럴 시간이 어디 있느냐고 해도 나는 권할 것이다. 시간은 없는 게 아니라 제대로 쓰지 못할 뿐이다. 호랑이 담배 피우던 시절의 고리타분한 말이라거나 귀신 씻나락 까먹는 소리라고 거들떠보지 않아도 말할 것이다.

자연 앞으로 나서자. 나무 앞에 서 보자. 나뭇잎이 왜 팔랑거리는가? 굳이 바람이 불어서가 아니라 광합성에 필요한 햇빛을 더 많이 받으려고 온몸을 흔들어 춤을 추는 것이다. 낮 동안 연신 춤을 추고 나면 해가 진 뒤 숨이 차고 힘이 들어 땀을 흘린다. 이게 바로 식물의 잎이 기공을 통해 수분을 공기 중으로 내보내는 증산 작용이다. 뿌리가 물을 빨아들여 나무 전체에 생기가 돌게 하는 심장 기능은 나뭇잎의 광합성에서 시작된

다. 아침 일찍 숲에 들어가면 기온이 낮고 습도가 높다. 코끝을 싱그럽게 하는 풀 냄새와 나무 냄새가 그윽하다. 그린 커튼green curtain 안으로 들어서서 생명이 살아 요동치는 자연을 마주한 것이다.

하루 중 언제라도 짬을 내어 자신이 사는 동네 숲이나 아파트 단지 안의 나무라도 만나 보자. 가장 쉽게 만날 수 있는 조경수 혹은 가로수 중 한 그루라도 붙들고 서서 이야기를 나눠 보

자. 나무에 기대어 서서 불안한 마음과 분노와 비관을 털어놓자. 화는 건강에 안 좋을 뿐 아니라 지혜롭지 못한 방향으로 인도하는 지름길이다. 나무는 그 모든 이야기를 물러서지 않고 들어줄 것이다. 나무에게 친구가 되어 달라고 부탁하고 그 앞에서 계절마다 '셀카'라도 찍어 보자. 희망을 향해 변해 가는 자신을 볼 수 있다. 그러다 보면 어느 날, 나무보다 더 커진 당신이 그 나무 앞에 서 있을 것이다.

나무와 더불어 사는 생명들

나무 사진을 찍기 위해 숲을 찾아다니거나 나무를 관찰하다 보면 생각지도 못한 즐거움이 더해질 때가 있다. 다름 아닌 귀한 새나 곤충을 만날 때다.

나무와 새는 뗄 수 없는 사이다. 나무는 어미 나무에게서 떠나와 싹을 틔운 곳에 뿌리내리고 평생을 그곳에서 살아간다. 열심히 키를 키워 더 높고 먼 곳을 바라본다 해도 새들처럼 먼 곳까지 가 볼 수 없다. 이웃한 나무들과 이야기를 나누기도 하지만 결국은 고독을 감수하며 혼자 살아간다. 이따금 찾아오는 청설모나 다람쥐는 정 붙일 만하면 떠나서 아쉬움만 키운다. 자신을 타고 놀다가 떠나면 그만이니 말이다.

하지만 새들은 다르다. 나뭇가지 사이에 둥지를 틀거나 나

무에 구멍을 내고 아예 입주해 산다. 짝짓기를 하고 알을 낳고 새끼를 키운다. 부화한 아기 새들이 건강히 둥지를 떠날 때까지는 주인집 나무에게 최선을 다해 친구가 되어 준다. 바깥으로 나돌다 둥지로 돌아와서는 자기들이 구경한 넓은 세상 이야기를 두런두런 전해 주기도 한다. 마치 전셋값이나 월세를 내듯.

곤충들은 어떤가. 나비와 벌은 나무에 핀 꽃에서 꿀을 얻는 대신 수정을 시켜 주니 나무의 씨앗을 만드는 일을 돕고 하늘소와 풍뎅이, 무당벌레 등의 곤충은 수액을 얻는 대신 진딧물 등의 해충을 잡아먹어 나무의 건강을 돌본다. 단순히 공생이라 말하기엔 자연의 순환이 참 대단하지 않은가. 하지만 매미를 비롯한 곤충들은 대부분 한해살이 친구들이다.

매미가 우화하는 모습을 찾아 어두운 밤 참나무 숲에 갔다가 우연히 장수풍뎅이를 만난 적이 있다. 크고 멋진 뿔이 달린 수컷 장수풍뎅이였다. 잘 익은 밤껍질처럼 진한 갈색의 몸체가 흐린 달빛 아래서도 기품 있게 빛난다. 마치 갑옷을 입고 투구를 쓴 듯한 모양새는 중세 유럽의 기사 같다. 3~4센티미터 정도 되는 날개를 편 채 붕붕대며 참나무 사이를 날아다닌다. 아

마도 암컷을 찾아다니는 모양이다. 한참 뒤 가을이 들기 시작한다는 처서가 지나고 암컷 장수풍뎅이도 만났다. 비슷한 숲을 걷다가 땅에 떨어져 있기에 주워서 나무 위에 올려 주니 자꾸만 밑으로 기어 내려온다. 도대체 무슨 일인가 싶어 자리를 뜨지 않고 살펴보니 기어코 나무 밑 흙으로 내려와 꼼짝을 안 한다. 두어 시간 산책을 마치고 돌아와 보니 배를 하늘로 향한 채 뒤집혀 있다. 오늘이 숲속 여행을 마치고 왔던 길을 되돌아가는 날이었던 모양이다. 가을색 진하게 묻은 참나무 잎을 주워 덮어 주었다.

나는 자연 다큐멘터리를 기록하는 사진가는 아니다. 나무가 좋아 나무를 찍으러 나서고 숲이 좋아 숲의 생태를 관찰하는 정도라 할 수 있다. 하지만 이렇게 나무를 살피다가 만나게 되는 새와 곤충을 보면서 그 생명의 위대함에 경건해진다. 생명 가진 모든 것의 숨을 존중하려는 마음도 이런 경험이 쌓여 생긴 것 같다. 숲을 자세히 살펴본 사람들은 알 것이다. 자연이 빚어낸 경이로운 광경은 그저 스쳐 지나는 발걸음으로는 쉽게 볼 수 없다는 것을. 매미가 우화하는 전 과정을 놓치지 않고 기록하거나 반딧불이가 깜박이며 날아다니는 어둠 깃든 숲, 그리고 숲에서 만나는 새와 야생 동물은 물론 나비와 하늘소 등의 곤충을 만났을 때도 그냥 지나치지 못한다. 하물며 나비가 공중에서 짝짓기하는 순간을 놓치지 않고 찍으려고 하루해를 다 보낸 적도 있었으니….

사슴풍뎅이, 버들하늘소, 노랑할미새, 꾀꼬리, 꿩, 박새, 동박새, 딱새, 오목눈이, 다람쥐, 청설모, 고슴도치, 두더지, 구렁이, 수달, 고라니, 너구리, 노루, 사슴, 멧돼지…. 그동안 만났던 이런저런 숲속 친구들의 사진을 다시 들여다볼 때마다 안부를 묻는다.

큰광대노린재들이 나뭇잎 뒤로 숨는다. 숨는다는 표현 또

한 내 입장의 언어일 테고 그냥 먹이 활동을 위해 옮겨 간 것이 맞을 것이다. 사진을 찍으려니 앞에 있는 나뭇잎이 노린재들을 가린다. 나뭇잎을 한두 잎 따거나 나뭇가지를 하나 정도 꺾어 내면 노린재들이 잘 보이겠지만 그렇게 하는 것은 또 다른 생명체인 나무에 해를 가하는 것이기에 이쯤에서 카메라를 내린다. 더 욕심을 부릴 일이 아니다.

그래서 사진에 관심이 있어 사진 찍기를 즐기는 모든 이들에게 다시 한번 말한다. 자신의 카메라가 향한 곳에 있는 그 어떤 생명체에게라도 폭력이 되지 않게 사진 찍기를 즐기자고. 나무를 꺾거나 풀을 뽑아내고 찍은 사진으로 진정 즐겁거나 행복하고 성취감을 느낀다면 그건 잘못된 사진임을 알아차리자.

눈얼음을 뚫고 봄을 부르는 복수초

앞서가야 한다. 그러지 못하면 독자들에게 다가갈 수 없다. 봄에 들어선다는 입춘이 다가오면 없는 봄을 찾아 전국 팔도를 헤매는 이들이 있다. 계절마다 그 계절에 어울리는 날씨 스케치 사진이나 영상을 찍어야 하는 방송사, 언론사의 사진 기자 혹은 영상 기자들일 것이다. 제주로 가서 동백을? 광양 매화마을에 연락해서 매화 꽃망울을? 완도의 지인에게 연락해서 들녘 새싹을 찾는다? 직접 가 보거나 전화로 연락을 넣어서 어떻게든 전국에서 봄을 찾아내야 한다.

도대체 어디에 가서 봄을 찍어 오란 말이냐고 입술을 내밀고 툴툴거린들 소용이 없다. 입춘 절기가 닥쳤으니 아직 오지 않은 봄을 기대할 수 있도록 무조건 봄을 찾아다가 독자들에게 전해야 한다. 남녘의 비닐하우스 농가를 찾아가 억지 봄을 찍어 올 수도 있겠으나 가능한 자연에서 찾으면 더 좋지 않을까? 그래서 언론사 경력 10여 년 정도 된 기자들은 나름 자신만의 봄을 감추고 있다.

봄이 시작된다는 입춘은 대체로 늦겨울이다. 음력으로는 아직 1월 중이거나 양력으로는 2월 초순인 경우가 많다. 입춘 추위가 지나고 나서도 한참 있다가 꽃샘추위가 찾아온다. 눈 속에 피는 노란 복수초福壽草, 아무리 추워도 봄은 온다는 희망의 버들강아지(갯버들), 이른 봄의 추위를 무릅쓰고 제일 먼저 꽃을 피우는 봄의 전령들이다.

2011년 1월 6일, 강원도 동해시 모처로 복수초를 찾아 나섰다. 해가 잘 드는 바닷가 야산 경사면, 눈 속에서 복수초가 노란 꽃을 피우기 시작했다는 연락을 현지인으로부터 받았으니 지체할 새 없이 달려간 것이다. 겨우내 내린 눈이 아직 녹지 않고 남아 있는 숲, 검은 나무 둥치 밑에서 꽃망울을 터뜨린 '얼음새꽃(복수초의 우리말 이름)'이 빛나는 모습을 뽐내고 있었다. 생명

의 위대함이 절로 느껴지는 순간이다.

자신을 덮었던 눈을 뚫고 나온 꽃 주위가 동그랗게 녹아 구멍이 생겼다. 그래서 붙여진 이름이 '눈색이꽃'이란다. 또한 설날 즈음이면 서둘러 꽃을 피운다고 하여 원일초元日草로도 불리고 눈 속에 핀 모습이 연꽃처럼 보여서 설연화雪蓮花라고 불리기도 한다며, 나를 현장에 데리고 간 지인이 의기양양 일러 준다. 마치 첫째로 태어난 아기가 가족들의 관심과 사랑을 많이 받고 자라듯 복수초도 다양한 이름으로 불리며 봄을 부르는 대표적인 꽃으로 자리매김한 모양이다. 혹한과 폭설 등으로 지난 겨울 된추위가 슬슬 부담스러워질 때 일등으로 피어난 명도 높은 복수초의 노란 꽃을 보게 되면 겨우내 움츠러들었던 몸이 기지개를 켜고 심리적 자신감도 회복될 것 같다.

촬영을 마치고 돌아서려다가 다시 복수초를 바라보며 물었다. "그런데 너는 어떻게 눈을 뚫고 피어날 수 있니?" 복수초가 즉답할 리는 없지만, 나의 궁금증은 서울에 돌아온 뒤에도 해소되지 않아 결국 전문가에게 문의했다. 생물학을 전공하고 야생화에 대해서도 해박한 지식을 갖춘 지인에게 물어보니 '복수초는 자신이 낸 열로 눈을 녹여 꽃을 피운다'라고 일러 주었다.

식물들이 생장하기 위해 꼭 필요한 것이 있다면 바로 햇빛과 물이다. 땅바닥에 붙은 복수초는 주변의 다른 식물들이 아직 겨울잠에서 깨어나기 전, 그 나무나 풀의 잎이 자라 햇빛을 가리기 전에 먼저 꽃을 피우고 열매를 맺기 위한 전략으로 자신의 몸속에서 나는 열을 이용해 눈을 녹이고 꽃을 피운단다. 복수초가 낸 열은 주변보다 약 5~7도 정도 높아 조금씩 눈을 녹일 수 있다는 것이다.

역경을 스스로 극복하고 꽃을 피우며 열매를 맺으니, 사람 사는 세상에서 새봄을 맞는 반면교사 사례로 삼기에 금상첨화가 아닐까. 세상살이가 힘들거나 넘기 힘든 벽에 가로막혔다고 생각될 때 눈을 뚫고 꽃을 피우는 복수초를 보면 힘이 날 것 같다. 포기하려는 마음을 되살리고 자신감을 북돋아 줄 것 같다. 아직 겨울이 다 물러가지 않고 남아 추위가 으스스 느껴질 때다. 이 나약한 풀꽃은 약해진 햇빛이라도 어떻게든 더 받아 꽃을 피우려고 애쓴다. 눈 밑에서 사투를 벌여 끝내 황금색 꽃을 피워 낸다. 우리 모두 복수초의 의지를 배워 둘 만하지 않은가.

입춘은 며칠 전 지났고 대동강 물도 풀린다는 우수가 다가오는데 북한강의 얼음은 아직 풀릴 기미를 보이지 않고 있다. 사람이 들어가 걸어 다녀도 깨지지 않을 정도로 두껍게 언 강. 강바람이 차고 매섭다. 강에 핀 버들강아지가 마치 눈 속에서 피어난 복수초처럼 얼음을 뚫고 피었다. 봄의 전령들은 모두 이렇게 불굴의 투지로 무장한 채 용감무쌍하고 씩씩한가 보다. 외유내강이 따로 없다. 봄을 눈여겨본 사람들은 대체로 봄에 일찍 꽃을 피우는 식물들은 잎보다 꽃을 먼저 피운다는 것을 눈치챘을 것이다. 그만큼 수분과 열매 맺기가 우선인 나무들이다.

꽃이 피었다가 지며 잎이 나는 식물을 찾아보면 복수초와 버들강아지는 물론 개나리, 진달래, 철쭉, 풍년화, 매화, 히어리, 개암나무, 귀룽나무, 느릅나무, 목련, 물오리나무, 배나무, 벚나무, 비술나무, 산수유, 살구나무, 생강나무, 서어나무, 소사나무, 오리나무, 자두나무, 탱자나무 등 셀 수 없이 다양하다. 너 나 할 것 없이 지난겨울부터 꽃눈을 만들어 준비를 끝내 놓고 봄이 오기만을 기다렸던 나무들이다. 봄을 봄답게 그려야 한다는 사명감에 불타듯 꽃을 먼저 피워 꽃대궐을 만든다. 초록이 가득한 여름보다 봄의 아우성이 큰 이유일 것이다.

버들강아지가 꽃샘추위에 내린 눈을 이고 서서 나를 부르지만, 복수초와 버들강아지로 입춘 소식을 전하고 나니 마음이 조금 느긋하다. 입춘과 우수 다음 세 번째 절기로, 만물이 겨울잠에서 깨어난다는 경칩이 지나고 나면 봄소식을 찾아 애타게 돌아다니지 않아도 되는 시기가 찾아온다. 서로 앞다퉈 피어나는 봄꽃들이 온 세상에 봄소식을 가득 채워 주기 때문이다.

이맘때쯤 광릉 국립수목원에 봄의 화신으로 알려진 풍년화가 피었다는 소식이 온다. 화사하고 소담스러운 꽃이 나뭇가지

잎겨드랑이에서 담뿍 피어나는 꽃나무다. 새봄에 풍년화가 일찍 피면 풍년이 온단다. 겨울 추위를 건강하고 지혜롭게 이겨낸 뒤라야 봄에 꽃을 피울 수 있듯이 우리 세상살이도 눈앞에 닥친 어려움을 스스로 극복해 낼 때 희망의 날이 찾아온다는 자연의 순리를 기억하자.

안타까운 기억 하나 추가할 수밖에 없다. 2011년 1월에 찾아갔던 동해시 복수초를 그다음 해에 다시 찾았다. 그런데 복수초는 거의 다 사라지고 이미 핀 꽃도 많이 상해서 거뭇거뭇해져 있었다. 주변을 살펴보니 설상 아이젠 자국이 선명하다. 아이젠을 신은 채 이 언덕을 오르려다 미끄러진 자국도 위아래로 이어져 있다. 복수초 줄기가 끊겼거나 뿌리째 뽑혀 흑갈색의 잔뿌리가 드러나 있다. 안타까운 마음으로 돌아서며 생각했다. 누가 이렇게 했을까? 어떤 욕심이 혼자서 이 봄을 가져갔을까?

단종과
청령포
관음송

본명은 이홍위李弘暐, 조선의 제6대 국왕(1452~1455년)이었다. 열두 살에 임금이 되었으나 작은아버지가 일으킨 반란(계유정난)으로 왕위를 찬탈당했다. 상왕으로 물러나 있던 도중 일어난 자신의 복위 운동이 발각되어 상왕에서마저 폐위되었다. 그렇게 강원도 영월 청령포로 유배당했다. 귀양살이 4개월 만인 그해 가을에 끝내 작은아버지가 내린 사약을 받고 죽임을 당했다. 열일곱 살이었다. 어린 나이에 안타까운 죽음을 맞은 비운의 소년 군주, 사후 241년이 지난 숙종 24년(1698년)에 단종端宗으로 복위되었다. 능호는 장릉이다.

한양에서 영월 청령포까지는 500리 길이다. 1457년(세조2년)

6월 22일에 한양을 떠난 귀양 행렬은 광주와 여주를 거쳐 남한강을 건너고 원주와 주천을 거쳐 7일 만인 6월 28일에 청령포에 도착하였다. 쉼 없이 하루 70리씩 간 길이다. 노산군 이홍위의 귀양 행렬이 지나는 길목마다 많은 백성이 나와 엎드려 통곡했다고 전해진다. 어린 임금의 처지를 가엽게 여긴 민심은 울음으로 그를 배웅한 것이다.

임금에서 쫓겨난 노산군의 유배지 청령포와 장릉은 전국에서 유일하게 서울과 경기도가 아닌 지역에 있는 조선 왕릉 유적지로, 강원도 영월을 대표하는 명승지다. 영월은 강이 합수되어 많은 물이 모이는 고을이다. 횡성 태기산에서 발원한 주천강과 평창 오대산에서 발원한 평창강이 영월 선암마을에서 만나 합쳐지면서 서강이 된다. 평창 오대산에서 발원한 오대천과 정선 조양강이 합류한 동강이 영월읍 하송리에서 서강과 만나 남한강이 되어 흐른다. 서강 물이 청령포에 이르면 수량이 많아지고 수심이 깊어진다.

노산군의 귀양지인 청령포는 육지 속의 섬이다. 서강 물이 삼면을 돌아 흐르고 육지에 접한 남쪽은 육륙봉六六峰이라는 이름의 가파르고 험준한 절벽이 가로막아 천혜의 감옥이나 마찬

가지인 지형이다. 요즘도 청령포에 들어가려면 나루터에서 배를 타야 한다.

청령포에 가면 천연기념물 제349호로 지정된 거대한 소나무 관음송觀音松이 있다. 청령포의 단종 어소御所를 둘러싼 소나무 숲 가운데에 자리한 높이 약 30미터, 둘레 약 5미터 되는 이 나무의 수령은 600년 정도로 추정된다. 굵고 웅장한 줄기가 사람 키 높이에서 둘로 갈라졌는데 유배 생활 중 노산군이 이 소나무에 기대거나 걸터앉아 슬픔을 달랬다고 한다. 외부인의 접근마저 금지당한 이 어린 유배자의 비참한 모습과 자신의 처지를 비관하며 우는 소리를 곁에서 보고 들었다는 뜻에서 관음송이란 이름이 붙었단다.

왕위를 무력으로 빼앗은 작은아버지(세조)가 보낸 사약을 받아든 열일곱 살 소년은 얼마나 억울하고 죽음이 무서웠을까. 유배 생활 넉 달 만인 10월 24일의 일이다. 가을을 넘기지 못했다. 나뭇가지 위 마지막 잎이 지듯 노산군의 넋이 파란 하늘에 날렸다. 한양에 남겨진 채 궁에서 쫓겨난 부인 송씨(정순 왕후)를 생각하며 소년 홍위가 쌓았다는 돌탑만이 청령포에 남아 눈물을 흘렸을 뿐 그 누구 하나 울어서도 안 되는 절명絶命이었다.

미래를
베지
말아 주세요

잘린 나무의 줄기에서 새싹이 돋았다. 죽음을 목전에 둔 채 겨우 돋아난 움싹을 보고 있자니 중상을 입고도 어떻게든 살아 보려고 애쓰는 모습이 안쓰러워 시선을 뗄 수가 없다. 이처럼 잘리거나 불에 탄 나무의 밑동에서 새싹이 돋는 것을 '맹아가 돋았다'고 한다. 맹아를 틔워 내 다시 생명을 부지하는 나무의 재활 능력을 맹아력萌芽力, sprouting ability이라고 하는데 이 맹아 줄기가 무사히 자라 다시 생장하려면 뿌리가 살아 있어야 한다. 그나마 이 녀석의 뿌리는 훼손되지 않았던 모양이다. 맹아는 한 밑동에서 여러 줄기가 돋아나는 것도 특징인데, 어떤 싹이라도 하나는 자라서 다시 생명을 연장시키겠다는 몸부림 같다.

절멸의 위기를 느낀 나무가 회생을 위해 더 맹렬히 반응하

는 맹아력, 세상 살아가는 사람에게도 이 영험한 능력이 있으면 참 좋겠다. 그나마 이 나무처럼 움싹이 돋아날 밑동이 남도록 잘린 나무라면 모르겠지만 뿌리 끝까지 통째로 잘려 쓰러진 나무를 만나면 절로 마음이 아프다. 마치 내 몸통이 잘린 듯 고통이 전해 오니 차마 발길을 돌리지 못하고 바라보게 된다.

제23회 평창 동계 올림픽은 2018년 2월 9일에 시작해 2월 25일에 끝났다. 단 8일(동계 올림픽 6일, 패럴림픽 2일)의 유효 사용일을 위해 천년 주목이 우거진 천혜의 숲을 마구 훼손해 가며 세상에 탄생시켰던 가리왕산 알파인 스키 활강 경기장은 올림픽이 끝난 뒤 맨살로 남겨졌다. 경기 출발 지점인 하봉(1380미터)부터 결승선 도착 지점(545미터)까지 너비 55미터, 길이 2850미터의 국제 규격 슬로프가 들어섰던 자리엔 훼손된 상처만 고스란히 남았다. 오랜 세월 그 자리를 꿋꿋하게 지켜 왔던 수만 그루의 천연림은 다시 돌이킬 수 없는 곳으로 사라진 것이다. 평창 동계 올림픽은 대한민국에서 최초로 개최한 동계 올림픽이자 아시아에서 세 번째로 열린 동계 올림픽이다. 이로써 대한민국은 이탈리아, 독일, 일본, 프랑스에 이어 세계에서 다섯 번째로 4대 메이저 국제 스포츠 대회를 모두 개최한 나라가 되었다. 이 영예와 남한 최고 천연림의 산림 유전자원 보호 구역을 맞바꾼 결과다.

2012년 6월, 산림청은 가리왕산을 평창 동계 올림픽 활강 경기장 부지로 확정하면서 올림픽이 끝나면 산림을 복원해 다시 보호 구역으로 지정한다는 단서 조항을 달아 중봉과 하봉 일대 78헥타르를 산림법상 산림 유전자원 보호 구역에서 해제하였다. 강원도 금강산 등 해발 600~2500미터 사이에서 자란다는 왕사스래나무를 비롯해 해발 1000미터 이상에서 자라며 '살아서 천년, 죽어서 천년을 간다'는 주목의 유일한 자생지였다. 종자 은행으로 불릴 만큼 생태적 가치가 아주 높은 가리왕산은 분비나무, 개벚지나무, 사시나무, 땃두릅나무, 만년석송, 만병초 등의 나무들과 금강초롱, 금강제비꽃, 산작약, 노랑무늬붓꽃 등이 사는 희귀 식물의 천국이자 산림법상 산림 유전자원 보호 구역으로 지정돼 개발이 엄격히 금지됐던 곳이다.

2014년 10월 12~14일, 스키장을 만들기 위해 애써 지켜 온 천혜의 자연을 무참히 파괴하는 현장을 직접 찾아가 보았다.

강원도 정선 가리왕산의 해발 1000미터 벌목 작업 현장. 아름드리나무가 채 1분도 안 걸려 땅에 곤두박질쳤다. 순식간에 나무의 100년 세월이 눈앞에서 사라진다. 높이 20미터가 넘는 참나무와 자작나무들이 평균적으로 2분에 세 그루씩 전기톱에 잘려 속절없이 쓰러졌다. 지름 70~80센티미터나 되는 신갈나무와 음나무 고목들은 이미 시체가 되어 100년 넘은 나이테를 드러낸 채 땅바닥에 누웠다. 아직도 자기 상처를 스스로 치유해 내면 살아날 수 있을 거라 믿고 흘리는 나무의 수액이 절단면에 번진다. 그 모습이 마치 너무 아파서 흘리는 눈물 같다. 마음이 짠하고 애처롭다.

하산길에 가리왕산 장구목이 계곡에서 어른 두세 명이 들어가 앉아도 될 만큼 넓고 큰 신갈나무 고목을 만났다. 환경 단체 전문가가 신갈나무를 반기며 말했다. "이렇게 큰 나무를 만나기가 여간해서는 쉽지 않은데, 숲의 역사를 보여 주는 나무입니다." 그리고 이렇게 덧붙였다. "가운데 자라던 줄기가 죽고 옆에 가지들이 자란 나무입니다. 뿌리는 하나고요. 200년은 족히 넘었을 겁니다." 장엄했다. 이런 나무들이 스키장 건설을 위해 순식간에 마구 잘려 나간 것이다.

2019년 3월, 제주 신공항(제2공항) 예정지인 서귀포시 성산읍을 찾아 나섰다. 제주공항에 비행기가 착륙하기 위해 속도를 줄이며 선회한다. 창밖으로 구름을 이고 누운 한라산과 제주시가 한눈에 들어온다. 참 가슴 설레는 풍경이다. 제주를 방문할 때면 늘 이 창을 통해 한라산에 누운 할망에게 인사를 했다. 하지만 한라산 너머 서귀포의 풍경을 이렇게 보기는 어렵다. 비행기를 타고 제주를 방문하는 이들의 아쉬움을 달래 주려고 했을까? 지구에서는 볼 수 없는 달의 남극처럼 하늘에서는 쉽게 보기 어려운 남제주의 풍경을 보여 줄 방법을 찾으려고 했을까? 제2공항 부지로 서귀포시 성산읍 일대가 선정된 것이다. 하지만 공항 건설을 두고 찬성과 반대로 갈린 주민 의견이 마치 곶자왈 숲속의 원시림 넝쿨처럼 엉켜 있다. 제주는 오는 봄을 제쳐 둔 채 갈등을 빚고 있었다.

제주공항에 내려 차를 빌렸다. 신공항 예정지인 성산읍으로 가기 위해 산굼부리를 지나 1112번 비자림로를 따라가던 중 눈앞에 펼쳐진, 그냥 지나칠 수 없는 풍경에 급히 차를 세웠다. 비자림로에서 금백조로에 이르는 도로변(구좌읍 송당리 인근) 삼

나무 숲이 마치 이발기로 민 것처럼 휑하게 잘려 나갔다. 쌓여 있는 삼나무 주검들, 푸른 살을 드러낸 채 마지막 숨을 쉬는 밑동들이 보내는 구원 요청. 폭 40여 미터, 길이 400여 미터는 족히 돼 보이는 벌목한 터가 볼썽사납다. 뛰어난 경관이 사라지는 현장엔 나무를 살려 달라는 문구가 곳곳에 나붙어 나무들의 신음을 대신하고 있었다.

1970년대에 조림된 삼나무가 빽빽이 들어선 이곳 비자림로는 전국에서 가장 아름다운 도로 중 한 곳으로 2002년에 대통령상을 받았다. 그러나 교통량 증가를 이유로 현재의 왕복 2차선 도로를 넓히는 확장 공사가 계획됐단다. 삼나무 900여 그루를 베어 버린 것이다. 전기톱에 잘려 쓰러진 아름드리 삼나무들의 공동묘지 같았다. 제2공항 공사의 첫 삽을 뜨기도 전에 미리 시작한 연계 도로 확장 공사로 의심되기에 충분했다. 훼손된 나무들 곁에 멸종 위기 동식물이 그려진 펼침막들이 나부끼며 구조의 신호를 보내고 있다. 멸종 위기 야생 생물 2급 팔색조와 천연기념물 황조롱이, 법정 보호종 애기뿔소똥구리와 두점박이사슴벌레 등….

사람의 편리한 삶을 위해 선택한 공사와 벌목이 훗날 우리의 생명을 위협하는 중대한 오류가 된다면 지금 그 공사를 중단해야 한다. 오래된 멋을 간직하며 조금 불편하게 사는 방법을 택하는 게 어쩌면 미래를 위한 옳은 설계일지도 모른다. 제주도와 서귀포시는 시민 환경 단체들의 반대에도 불구하고 2020년 5월 25일에 비자림로 확장 공사를 다시 시작하였다. 정부와 국토교통부는 2024년 예산안에 제주 제2공항 건설 예산 173억 원을 반영하고 건설을 추진하고 있다. 비자림로의 삼나무뿐 아니라 제2공항 부지로 예정된 성산읍 일대의 돌오름과 대수산봉

사이에서, 제주 섬에 생명의 공기를 공급해 온 초록 생명들이 구조 신호를 보내기 시작했다.

가리왕산 산림 유전자원 보호 구역의 천연 자연림 훼손이나 제주 비자림로의 삼나무 훼손뿐이겠는가. 사람은 일상적으로 꺾고 자르며 사람과 다른 그 무엇으로 나무를 막 대하며 살아왔다. 한번 훼손된 식생이 복원되는 데에는 우리의 다음 생으로도 부족할 만큼 오랜 시간이 필요하다는 걸 잊으면 안 된다. 산소 없이 살 수 있다면 나무를 마구 대하며 닥치는 대로 베어도 좋다. 이미 빙하는 녹고 있고 아마존은 불타고 있다. 지구의 인내력이 한계에 달했다.

오묘한 나무
오묘한 친구

나무의 친구가 되고 싶은 마음에 수시로 나무를 찾아가 이야기를 나누며 지내 왔다. 집안 돌아가는 얘기도 하고 친구 얘기 혹은 회사 얘기도 했다. 하물며 사진 작업에 대한 고민도 털어놓고 의견도 구해 본다. 하지만 정작 나 자신은 진정으로 자기가 무엇인지도 모르면서 그저 통속적으로 목표를 향해 쏘아진 화살처럼 날아가고 있는 것은 아닐까 하는 생각이 많았다.

해 질 녘 역광을 받은 낙엽송 숲의 스카이라인이 황혼빛 가득한 색채의 마법에 빠지게 된다. 그리고 숲에 어둠이 드리우기 시작하면 사진가들은 대체로 카메라를 접고 하루의 작업에서 철수할 준비를 한다. 자연을 대상으로 사진 작업을 하는 사

진가 중 어떤 이는 '해가 뜨기 전후 한 시간, 해가 지기 전후 한 시간'이 자기 사진의 골든 타임이라고도 했다. 다름 아닌 사진에서의 색 조화컬러 밸런스, color balance를 염두에 두고 작업하기 때문이란다. 컬러 화상을 이루는 옐로yellow, 마젠타magenta, 시안cyan의 농도에 따라 사진의 색상이 다르게 표현되기 때문이다.

해가 서산으로 넘어가고 나면 드리우는 시안 색감이 조금씩 짙어질 때 산골 외딴집 굴뚝에서는 회색빛 연기가 오른다. 먼 산에서는 소쩍새가 울기 시작한다. 고개를 돌려 바라보며 어둑한 산 그림자 쪽으로 귓바퀴를 열어 보낸다. 소쩍새 소리는 산에서 산으로 울려 어디에 앉았는지 알 수 없게 들린다. 날이 저물기 시작한 뒷산 숲에서 들려오는 소쩍새 소리에 어머니가 생각난다는 사람에겐 그리움의 소리, 어린 시절의 추억이 떠오른다는 사람에겐 고향의 소리라고 한다. 낮에는 숲속 나뭇가지에서 잠을 자고 어둠이 드리우기 시작하면 활동하는 습성 때문에 산 그림자 속에서 소쩍새를 찾아 사진 찍기는 쉽지 않다. 검은 산을 멍하니 바라보다가 돌아설 뿐이다.

봄 숲을 수놓는 초록의 향연은 강산을 빛나게 하고 사진가의 마음을 들뜨게 한다. 여름비와 어우러지는 숲과 나무, 황금색으로 물든 가을 낙엽송과 한 줄로 늘어선 메타세쿼이아는 또 어떤가. 전나무 숲과 삼나무 숲에 서면 하늘을 찌를 듯 수직으로 늘어선 직선이 주는 아름다움을 느낄 수 있다. 한겨울 눈 내린 자작나무 숲에 가 본 사람들은 알 것이다. 하얀 연필을 간격 맞춰 세워 놓은 듯한 직선 풍경에 감탄하고 환호하지 않았을까. 군락을 이룬 나무숲의 일체감은 들녘에 홀로 자라는 나무가 주는 아련함과는 또 다른 미적 요소를 갖고 있기 때문이다. 사진가들은 아마도 그 일체감을 피사체의 중요 이미지로 삼는 것 같다.

그런데 나무들이 모두 올곧게 자라는 것은 아니다. 대부분 나무는 이리 굽고 저리 굽어 다채로운 수형(생김새)으로 자라고 있음도 살펴 알 수 있다. 아마도 광합성을 위해 해가 비치는 방향으로 휘어진 결과겠다. 천태만상의 나무들, 그래서 숲은 오묘하다.

생각해 보자. 세계에서 다섯 번째로 4대 메이저 국제 스포츠 대회를 모두 개최한 나라와 세계에서 가장 오래된 나무가 사는 나라 중 어떤 것이 더 자랑스럽고 자부심이 큰 일인지. 경기

도 용문사의 은행나무(수령 1100년 정도로 추정되며 높이는 42미터, 뿌리 부분의 둘레는 15.2미터)나 울릉도 도동항의 향나무(수령 2500년으로 세계 최고령 향나무로 추정된다)를 넘어 세상에서 가장 오래된 나무로 알려진 '므두셀라methusela(수령 4900년, 미국 캘리포니아, 소나무)'가 사는 나라를 만들려면 과연 어떻게 하면 좋을까?

이러한 산림 문화가 정착되기 위해선 무엇보다 무자비한 산림 벌채를 막아야 하며 화마가 휩쓰는 거대 산불 등에 의한 기후 변화와 인위적인 자연 파괴로 인한 재앙 수준의 위기를 극복하기 위해 보다 적극적으로 나서야 한다. 삼림은 단순한 탄소 저장소나 배출원만이 아니다. 수만 종의 수목과 함께 그 숲의 품에서 살아가는 많은 동식물의 서식지로 인식해야 한다. 생물다양성에 주목하고 공존을 위해 더 노력하지 않으면 자연의 역공이 시작될 것이다. 2023년에 이미 각종 기후 관련 기록들을 갈아 치웠는데 이대로 가다간 이후의 지구를 지켜 내지 못할 것이다. 그래서 산림 자원을 보호하고 인류와 지구 생태계의 지속 가능한 미래를 안내하는 일이 중요하다.

어쩌면 사진은 영감inspiration에 앞서 두 발로 하는 것인지도 모른다. 그래서 나는 오늘도 카메라를 메고 걷고 있다. 여전히 어디론가 떠나고 있다.